創元推理文庫

A CICADA RETURNS

by

Tomoya Sakurada

2020

蟬（せみ）かえる

櫻田智也

全国各地を旅する昆虫好きの心優しい青年・魞沢泉（えりさわせん）。彼が解く事件の真相は、いつだって人間の悲しみや愛おしさを秘めていた――。16年前、災害ボランティアの青年が目撃したのは、行方不明の少女の幽霊だったのか？　魞沢が意外な真相を語る「蟬かえる」。交差点での交通事故と団地で起きた負傷事件のつながりを解き明かす、第73回日本推理作家協会賞候補作「コマチグモ」など5編を収録。注目の若手実力派・ミステリーズ！新人賞作家が贈る、第74回日本推理作家協会賞と第21回本格ミステリ大賞を受賞した、ミステリ連作短編集第2弾。

目次

蟬(せみ)かえる　九
コマチグモ　六九
彼方(かなた)の甲虫(こうちゅう)　一〇九
ホタル計画　一六五
サブサハラの蠅(はえ)　二一九
単行本版あとがき　二七九
文庫版あとがき　二八二
解説　法月綸太郎　二八八

蟬かえる

蟬かえる

糸瓜京助は、どこか拍子抜けした。記憶のなかの深い森は、再訪してみれば思いのほか小さな雑木林だった。

山形盆地の端、山形市中心部から北西約二十キロに位置する西溜村。そこに修験道の霊場だった場所がある。姫子山の山麓の一部が、まるで入江のように抉られた部分にできたその森は、地元では〈御隠の森〉と呼ばれていた。

森の入口に石の鳥居がある。そこから延びる参道は、直線ではなく曲がりくねっていた。草勢の増す季節、道はところどころで埋もれかけている。

鳥居から二十分弱歩くと、森の奥に辿りついた。切り立つ山肌を背に、方形に開けた土地がある。十メートル四方ほどの均された地面に玉砂利が敷き詰められ、そのほぼ中央に、やはり山を背にして小さな社殿が建っていた。姫子山の神を祀る〈御隠神社〉の本殿だ。参道は最後に至ってなおヘアピンカーブを描き、社殿に対して正面からではなく、左から臨む形で敷地へと通じている。

踏み入ると、玉砂利が軽い音をたてて心をくすぐった。森のなかでも、とりわけ神聖とされるこの領域は〈垣の内〉と呼ばれていて、かつては実際に竹垣の仕切りがあった。糸瓜は社殿に向かい、目を閉じて掌を合わせた。その瞬間、ひとつ荷をおろしたような、ほっとした気持ちになった。時刻は午後四時を回ったところだった。

社殿のそば、正面からみて右横には巨石が鎮座している。高さは大人の腰くらいで直径二メートルほどの円盤状。内側は大きくくり抜かれ、そこに湧き水が、山肌に挿し込まれた塩ビの筒を通じて絶え間なくそそがれていた。

おそらくわざと欠いた石の縁から、やはり絶え間なく水が溢れている。〈垣の内〉とその周辺は、かつて盛り土でもしたのか、やや不自然に小高い。溢れた水は傾斜に従い玉砂利の外へ流れでて小さな川となり、森に潤いをもたらしていた。

糸瓜はワイシャツの袖を捲った。塩ビの断面から流れ落ちる水を、両手ですくい口に含む。掌からこぼれた水は首をつたい、ネクタイのゆるんだ襟もとから入って胸を冷やした。一瞬の清涼を囲み、セミがひっきりなしに鳴いている。

チーやジーと聞こえる鳴き声から、ミンミンゼミやヒグラシでないことは糸瓜にもわかった。アブラゼミだろうか？　いや、アブラゼミはもっと暑苦しく鳴く。そう、「じりじり」という表現がぴったりくるような鳴きかただ……。

そんなことを考えていたら、

「先生」

と、うしろからセミ以外の声が聞こえてきた。振り返ると、男女のふたりづれが参道を歩いてくる。先生と呼ばれた女性が、

「アブラがいるね」

といったのが耳に入る。直後、木立の隙間からこちらを認めたふたりが、同時に軽く頭をさげてきた。会釈を返すかわりに、

「やっぱり鳴いているのはアブラゼミですか」

と訊いてみた。すると男性のほうが、

「ニイニイゼミですねえ」

と、やけに間延びした声で返事をよこした。

「あれ。いま、アブラがいるっていってませんでしたか?」

あらためて訊ねると、今度は女性が返事をした。

「この人が『素揚げがいい』っていうから、だったら『油が要るね』って」

「素揚げ……ですか」

「わたしはバーナーで炙ろうと思ってたから、油はもってきてないの」

「ええと……なにを食べるんですか?」

「ニイニイゼミですねえ」

男性がさっきと同じことをいった。

「セミを……食べる？」

「美味しいんですよ」

女性はそう微笑み、帽子をとって肩までの髪をかきあげた。二十代後半と糸瓜はふんだ。いっぽうの男性は、女性よりは上だろうが、おそらく自分よりは若い。三十代半ばといったところか。

〈垣の内〉に入ってきたふたりは、糸瓜同様、まず社殿へ掌を合わせた。どちらかといえば、男性が女性に倣っているような動きだった。先に目を開いたのも女性のほうだった。彼女は石のそばに立っている糸瓜に向きなおり、途切れていた会話のつづきを口にした。

「食べたことありません？」

「考えたこともありません」

すると彼女は参道へ引き返し、樹の幹からなにかをつまみとり、ふたたび戻ってきた。

「なんです？」

「ニイニイゼミですねえ」

女性ではなく間延びした声がこたえる。なるほど、樹皮に似た色の小さな塊は、たしかにセミの幼虫の形をしていた。

「残念、脱け殻だった」

女性はそれを掌で転がした。

「もしかして、食べるんですか」

「食べてもいいけど、はじめてが脱け殻じゃつまらないですよね」

「え？　はじめてなんですか？」

驚いて訊ねると、

「わたしじゃなく、あなたが」

そういって彼女が脱け殻をさしだしてきたので、糸瓜はさらにびっくりした。

「食べませんよ！」

「食べませんか。まあ、ニイニイゼミの脱け殻は泥まみれですから、たしかにやめたほうが賢明かもしれません」

「だったら最初から勧めないでください！」

「あはは、ごめんなさい。そう怒らないで。ここのセミが食用にされるのはほんとうなんです。わたしの推測では、対立する宗派に敗れ、山を追われて森に逃げ込んだ修験者たちは、夏になると貴重なタンパク源として……」

なにやら説明をはじめた女性の腕を、男性が肘で小突いた。「ん？」と振り向いた彼女に小声で忠告をする。

「先生、〈敗れた〉や〈逃げた〉といった表現は、地元のかたが気を悪くする可能性が」

「そう？　そんなこと気にするのって、もっと年輩の人じゃない？」

「年齢の問題でしょうか？」

「世代のちがいよ。あなたとわたしのあいだにも、考えかたのギャップがあるかもね」

「先生、お幾つでしたっけ？」

「こら、女性に齢を訊くんじゃない。そういうあなたは何歳よ」

「……内緒です」

「あはは。乙女かコンチクショウ！」

女性が笑いながら、男性にふざけてパンチを繰りだす。

「ええと……」

「あっ、ごめんなさい。急にテンションあがっちゃって」

「いえ。べつにかまいません。それに、ぼくは地元の人間ではありませんから、気になさらず」

「それならよかった。ここへは旅行かなにかで？」

「仕事で山形市に。そこから足を延ばしてここまで」

「こんな小さな村に？」

「はは。おふたりのほうこそ、ご旅行ですか？」

「わたしも半分は仕事です。彼は……」

「遊びです」

男性はきっぱりといって、

「こちら、長野県の上高地大学でコンチクショウ……じゃなかった、コンチュウショクの研究をしている、ツルミヤイツミ先生です」

そう女性を紹介した。

「ねえ、やっぱり先生はやめてくれない？　しがない非常勤講師なんだから」

「それでも先生は先生です」

「もう……ええと、鳥の鶴に宮仕えの宮で鶴宮です。ああ、安定した宮仕えがしたい」

それにつづいて男性が、

「ぼくはエリサワセンといいます」

と名乗った。

「魚偏に入るで魞、サワはサンズイの沢で、センは……」

「あ。蟬と書いてセン？」

「ちがいます。泉と書きます」

鶴宮に魞沢。大学の研究者と知れば、どこか風変わりなのも腑に落ちた。

「申し遅れました。ぼくは糸瓜京助といいます」

「ヘチマ？」

素っ頓狂な声をだしたのは鶴宮だった。

「はい。植物の糸瓜と同じ漢字です」

「へえ……お幾つ？」

さっきから、わりと年齢にこだわる。

「もうじき四十です」

「ふうん……」

目を丸くしたまま、鶴宮がまじまじと眺めてきた。べつに顔が糸瓜に似ているからこういう名前なのではないのだが……。

「……と、ところで、おふたりが研究されているコンチクショウ、じゃなかったコンチュウショクというのは？」

「昆虫を食べる、と書きます」

魞沢の回答を聞いて、やっと合点がいった。

「なるほど。だからセミを」

「先生は民俗学的な見地からそれを研究なさっています」

すると鶴宮は、半分困って半分照れたような顔になり、

「べつに昆虫食の専門家というわけじゃないんですけど……昆虫を食べる文化は世界中にあって、最近は食糧危機の観点から、とくに栄養面で注目されているんです。でも、わたしの興味

はもっぱら習俗的な背景で……」

「なるほど。ここへきたのは現地調査(フィールドワーク)というわけですね。魞沢さんも同じ研究を？」

「いえいえ、とんでもない」

魞沢はバタバタと両手を動かした。地面に落ちてひっくり返った虫が似た動きをする。

「たんなる在野の虫好きです。鶴宮先生とも、今日はじめてお会いしました」

「ええっ？」

まさか、そんな短い間柄だったとは。

「山形市で開かれていた学会に潜り込んで研究発表を聞いていたんですが、先生の発表がたいへんおもしろく……」

発表後に廊下で待ち伏せ、声をかけたのだという。

「学会でナンパなんて不埒(ふらち)なヤツと思ったけど、話してみたら熱心で」

「そのうち先生のほうから、『だったら、一緒にセミを食べにいく？』と逆ナンされまして」

「あはは。だってしつこいんだもん！　ほんとうは、ひとりで静かに食べたかったのに」

「なにしろ、しつこいのが性分(しょうぶん)でして……それにしても糸瓜さんは、セミも食べないのにどうしてこの森に？」

不思議そうに訊ねてくる。セミを食べるため森にくる人のほうが、よほどめずらしいと思うのだが。

「ボランティアできたことがあるんです。それで懐かしくなって……」

　すると、笑っていた鶴宮の表情が変わった。

「山形にボランティアというと……あの地震のときですか？」

「ええ。十六年前です。記憶にあるのは震災直後の惨状だけですから、村の通りを歩いてみても、以前ここにきたという実感は湧かなかったんですが……」

　ただ、かつて池だった場所に建てられた小さな慰霊碑（いれいひ）を目にしたときは、胸が締めつけられるように痛んだ。その痛みは、どこか郷愁の疼痛（とうつう）に似ていた。

「この森はどうです？」

「最初はピンとこなかったんですが……不思議なものですね、ここの玉砂利を踏んだ途端、当時の記憶が鮮明に甦（よみがえ）ってきました。あの奇妙な体験は、やはり現実の出来事だった——そう実感していたところです」

「奇妙な体験？」

「ええ。どうやらぼくは、この森で幽霊をみたようなんです」

　糸瓜の言葉に鶴宮がふたたび目を丸くした。

「幽霊……」

「呆れましたか？」

「いえ、とても興味があります」

彼女が学者らしい顔つきになった。

「糸瓜さん、よかったらそのお話、詳しく聞かせていただけませんか」

「おかしな話ですよ?」

「おかしな話を集めるのが、わたしの趣味なんです」

笑う彼女の腕を、鯎沢がまた小突いた。

「先生、趣味ではなく、お仕事では？」

「仕事と認めてもらえないから、非常勤で食いつないでるんじゃない」

悲しいことをいった女性研究者は、敷地の隅に置かれた木陰のベンチへ、促すように右手を向けた。


「十六年前の夏、ぼくはボランティアとしてこの村を訪れました」

その年の五月、山形県中部を震源とする、深さ十キロ、マグニチュード五・八の地震が起き、西溜村では震度五強を記録した。軽傷者八名、家屋の壁や道路に罅（ひび）が入ったり、塀が倒れるといった被害がでたが、幸い人命は失われなかった。

ところが七月十五日、同じ場所、同じ深さを震源とする、マグニチュード六・三の地震が発生した。五月の地震は前震にすぎなかったのだ。

未明の西溜村を震度六強の揺れが襲った。数日前の大雨で地盤がゆるくなっていたせいもあったろう、村の北西部につらなる山の斜面の広範囲で地滑りが起こった。崩落に巻き込まれ、家屋十二棟が完全に倒壊したほか、五十棟以上が土砂の流入を被った。八十代の男性一名、六十代の夫婦、それに小学生の女児一名が死亡し、多くの重傷者をだした。橋が二本流され、いくつかの地区は一時陸の孤島となった。ピーク時には約二百世帯、村の人口の二割に迫る六百人あまりが五つの施設で避難生活を送った。ほぼ全村で停電と断水に見舞われた。

被害の大きかった山形県内各地にボランティアが入った。西溜村は当初「受け入れ態勢がととのわない」として断っていたが、被災五日後の七月二十日、ライフラインの復旧が進んだことと、村の南北を貫く県道が通行を再開したことで、受け入れの意向を表明した。

糸瓜が村にきたのは七月二十二日、月曜日。仕事の理想と現実の狭間で就職二年目の日々を鬱々とすごしていたさなか、週末のテレビ画面に映った西溜村をみて、発作的に行動を起こした。

一年目に一日もつかえなかった有給休暇がたまっていた。電話で上司に五日間の休みを申請した。休みがもらえないようならやめてやるとまで考えての電話だったが、あっさり許可がおりて肩透かしをくらった。じつは上司自身が転職を決めていて、半ば投げやりになっていたという背景があったのだが、とにかく日曜まで一週間、糸瓜は土砂のかきだしや瓦礫の撤去を中心に活動した。

「寝泊りは？」

と、鮎沢。

「役場の人に案内された空き地で、キャンプ生活です」

手伝いにきた人間が避難所の厄介になるわけにはいかない。活動に際しても、指定された以外の地域に興味本位で立ち入らぬよう注意を受けていた。

「ただ、一日だけ旅館に泊まりました」

被災を免れた宿が一軒、糸瓜の滞在中、物流の回復にあわせて営業を再開した。

「やはり布団と朝食が恋しくなりましたか」

「村にお金を落として帰ろうと思ったんです」

「失礼しました」

「最初に起きた五月の地震以降、宿の客が激減していたという話を聞いたものですから」

「余震への不安からでしょう」

「それもあったと思いますが、いちばんの理由は、お湯がでなくなったことです」

地震で地下の状態が変わったのか、温泉旅館の源泉の湧出がやんでしまったのだ。

「それはたいへんな損失です」

「幸い、ぼくが村から帰った直後に、ふたたび湧きはじめたそうですが」

糸瓜が村を発ったその夜、結果的に最大規模の余震となる揺れが起きた。そうしたら、お湯がもとどおり湧きだすようになったというのだから、地球の気まぐれな営みは、まったく人智の及ぶものではなさそうだ。

「地震による村の犠牲者は四名。ぼくが村に入った時点で、そのうちのひとり、十二歳の少女がまだ発見されていませんでした」

当時行方不明になっていた女児の名は、大江美姫（おおえみき）といった。

「それには理由がありました。ほかの犠牲者が、自宅のあった場所に堆積した土砂の下から発見されたのに対し、どうやら彼女は家ごと流されてしまったらしいんです」

大江家は山の斜面を切り開いた場所に建っていた。家ごと少女を押し流した土砂は、大量の瓦礫を抱いて麓（ふもと）の〈神池（かみいけ）〉に流れ込んだ。深さのある池ではなかったが、それでも陸（おか）の捜索よりはるかに困難な状況だった。

「もうひとつ、彼女が流れ込んだ神池についての事情もまた、発見の遅れと関係していたかもしれません……少なくとも当時のぼくは、そんなふうに考えたんです」

「事情？」

魞沢が興味深そうに訊ねてくる。いっぽう鶴宮は、腕を軽く組み、黙って聞いていた。

「人手の問題です」

「ボランティアが足りなかった？」

糸瓜は首を横に振った。

「数はいました。ただ、ぼくたちは彼女の捜索に直接というか、積極的には関わっていなかったんです。というのも、神池は姫子山の神さまの涙がたまってできたという伝説があり、村では神聖な場所とされています」

「この御隠の森と同じように、ですね」

「当時、少女の捜索は地元の消防団を中心に村の人たちが池に入り、ボランティアは池周辺や水から引きあげられた瓦礫を運搬、撤去するといったふうに、作業の分担がなされました。たしかに、深くないとはいえ、なにが沈んでいるかわかりませんから危険はありますし、それなりに装備が必要です。なにより被災は村の全域に及んでいましたから、少女の捜索だけに人数を割くわけにいきません。しかし当時のぼくは若かった。地元の人たちに、部外者を神聖な池に入れたくないといった気持ちがあるんじゃないのか？　そんなふうに勘繰ったんです」

額の汗を拭う。むかしの自分を思いだしての冷汗だった。会社員としての日常から抜けだして、ちょっとした躁状態にもなっていたのだろう。

「行方不明の少女については、村にくる前からニュースで知っていました。なんとしてもみつけたいと思いながら、できない状況への不満が募りました。その結果、ぼくはあるとき、少女をみつけるためにやれることがあるなら遠慮せずにやるべきだと、ボランティア仲間相手に一席ぶったわけです。池の捜索に自分たちはもっと関わるべきだし、それをやらないなら、なんのためにきたんだ……と。まったく、いま思いだしても赤面ものです」

　糸瓜の演説は、場の雰囲気を白けさせただけだった。その夜、集団からひとり離れて野営をしていると、寝袋に近づいてくる足音が聞こえた。気づいていながら寝たふりをつづける。後頭部を小突かれてから、仕方なく相手に顔を向けた。

　岩鞍仂が寝袋の脇にしゃがんでいた。手にはビールらしき缶が握られている。流通が一部改善し、村に一軒だけのコンビニが営業を再開していた。小突かれた後頭部に、かすかに冷たい感覚が残っている。

「なんだ、岩鞍か」

「糸瓜、さっきのはいいすぎだ」

「池のなかに女の子がいる」

「みんな、できることを全力でやっている。もちろん女の子をみつけるために力を尽くしたい気持ちは俺にだってある。しかし、それだけがボランティアの使命じゃない」

　糸瓜と同い齢、当時二十四歳のよく日に焼けた青年は、各地を渡り歩いてボランティアの経験を積んでいた。

「池の近くに危険な斜面が残っている。また崩落が起きれば、池が完全に埋まってしまう。そういったのは岩鞍、おまえだぞ」

「俺たちに求められるのは、被災者の気持ちに寄り添って物事を進めることだ。求められる場所で、求められる作業をする。相手の価値観を否定してまで、自己流の正義を貫くことが役目じゃない」

「理解があるんだな。そうでなくちゃ、こういうことはつづけられないか？」

「俺はなにも理解していないよ。だから、自分を理解してもらうことを相手に強要したりもしない」

じつに婉曲的な非難に、糸瓜は顔が熱くなった。しかし、こちらだって、ただ自己満足が目的ではないのだ。

「岩鞍……今日の昼間、作業をしている俺たちに、頭をさげながら飲み物のペットボトルを配ってた女性を憶えてるか？」

「憶えてる」

「その人、最後に俺のところにきたんだ。作業の手をとめた俺に向かって、『すみません』って、いったんだよ。『お手数おかけします』って。『あの子の母なんです。入院していたもので、皆さんにご挨拶もできずに』って」

「…………」

糸瓜はそのとき、彼女から地震当夜のことを聞く機会を得た。二階建て住居の一階で寝ていた両親は、揺れがおさまり立ちあがれるようになってから、二階の娘に呼びかけて「大丈夫」という返事を聞いた。母親は迷ったが、すでに停電しており、階段をおりる際に余震がきても危ないと考え、もう少し二階で待つようにいった。「懐中電灯をみつけたらすぐ上にいくから」

というと、娘は「べつに怖くないから」と、こたえたという。

――それで、二階にもいかずに台所の片づけをしてたんです。そうしたら、ゴゴ……という音がして、また家が揺れて……。

その揺れは余震ではなかった。突然、窓を突き破って大量の土砂が流入してきた。叫ぶ間もなく、気づけば戸外に投げだされ、その上に土砂がかぶさってきた。だが娘は……。一階が崩れ落ち、直接土砂に載るような形になった二階部分が未明の闇へと消えていくのを、母親は失いかけた意識のなか、呆然と見送るしかなかった。

――あのときわたし、あの子のぶっきらぼうな返事が気に入らなくて、おまけに割れた食器が足に刺さって……その前から、親子のあいだがぎくしゃくしていたことにも苛立(いらだ)っていて……台所の片づけをしながら、つい二階に向けて、いってしまったんです。『あんたがあんなことしたから、氏神(うじがみ)さまが怒ったのかもね』って。その直後だったんです。娘の返事を土砂の音がかき消して……。

「あんなこと？」

岩鞍が首を傾(かし)げた。糸瓜は母親から聞いたとおり説明をする。何か月か前、美姫は神池に悪戯(いたずら)で入ったことがあったという。神社の氏子(うじこ)の家には、二年毎(ごと)の当番制で、神池を守る役目を担う〈池守(いけもり)〉という役職が回ってくるのだが、その年は大江家が任にあたっていた。

――あの子、帰ってきたときはなにもいわなくて。すぐ二階にいったから、服が濡れてることにも気づかなかったんです。夜になって近所の人が家にきて、『じつは美姫ちゃんが……』って教えてくれて。わたしはびっくりして言葉もでなかったんですけど、夫のほうは二階に駆けあがって、『おまえ、ほんとうに池を泳いだのか』って、問い詰めたんです。母親は、自分でも制止がきかない様子で糸瓜に話しつづけた。

——そうしたらあの子、悪びれもせずに『泳いだよ』って。『わたし、島にあがって、お社に触ってきたから』って、そういったんです。夫の顔色がみるみる変わって……『おまえはどうして親に迷惑をかけるようなことをするんだ！』って。そこから大喧嘩です。わたし、ただただ夫が手をあげないことだけ傍らで祈ってました。

そこで母親は、少し笑ったようにみえた。

——村の古いしきたりに対して、あの子にはあの子なりの考えがあったと思うんです。でも、こっちはこっちで、世間というか、村の事情に向き合わなくちゃならないですから、お互い歩み寄れないまま……そんな状態だったから、あのときも、大きな地震で、ほんとはすごく怖かったはずの娘に、あんな冷たい言葉をかけてしまって……しかもそれが、あの子が聞いた、わたしの最後の言葉だったんです。

しばらく押し黙ったあと、うつむいていた母親は顔をあげ、「すみません」といった。

——誰かに話したくて。村の人はみんな慰めてくれますけど、でもわたし、最後の最後に、酷い母親だったんです。それを、誰かに話したくって……。

そこまで岩鞍に伝え、糸瓜は寝返りを打って顔を背けた。自分の声が震えだしたことに気づいたからだった。

「俺は寝る。おまえも寝ろよ。明日も猛暑だ。暑いな、山形ってところは」

「ああ、おやすみ」

「ちょっと待て」

「ん?」

「せっかくだからビールは置いていけ」

「悪いがノンアルコールだ。活動先で酒は飲まない主義でな」

岩鞍の足音が遠ざかっていく。横になったままタブに指をかけて引きあげると、白い泡が飛び散って顔や寝袋を盛大に濡らした。岩鞍が缶を振っていったことに、糸瓜はぜんぜん気づいていなかった。

あの夜の岩鞍との会話を、糸瓜はいまでも、不思議と鮮明に憶えている。ボランティア初日、彼とは同じバスに乗って村まできた。だからといって別段親しくなったわけではなかった。相手に現場慣れしている雰囲気があったせいで、気おくれしてしまったのだ。

岩鞍は経験豊富だが上からものをいうことがなく、経験の浅い仲間にいつも適切な指示をだしていた。そんな彼と、たぶん本心で語り合えたことが、糸瓜には嬉しかった。

糸瓜は翌日、班編成で池周辺の捜索を自らはずれ、ほかの地域で黙々と瓦礫を撤去しつづけた。その合間に、ランドセルを背負った女児たちの輪のなかにいる岩鞍の姿が目にとまった。気にはなったが、すぐ自分の仕事に集中した。

一日の作業を終えて戻る途中、池の前をとおりかかったとき、岩鞍に呼びとめられた。

「あそこが島らしい」

そういって、彼は池のなかほどを指さした。畔から三十メートルもあるだろうか。大人なら四、五人立つのがやっとという小さな島だった。瓦礫が幾分減ったことで、やっと見分けがつくようになっていた。お社と呼ばれる建物はみえない。流されてしまったのだろう。

「誰かに訊いたのか？」

岩鞍に質問すると、

「おまえがあんなことというもんだから、俺も気になってな。作業の合間に、村の人たちから、いろいろと教えてもらった」

母親と話した直後の糸瓜がそうだった。だが、岩鞍に窘められてからは、深入りせぬよう注意していた。知れば知るほど冷静でいられなくなる自分が想像できたからだ。それに対して岩鞍は、すっかり事情通らしかった。

「当時、女の子が池に入ったことはすぐ噂になった。小学校への通報もあったという。笑い話で済ませる人も多かったが、年輩者や氏子の家の人間たちはそうはいかない。両親も、氏子の臨時総会でだいぶ絞られたらしい。母親はもともと村の人じゃなくて、それもあって年嵩の人間から、『お母さんのふだんの躾に問題があるのではないか』と、厭味をいわれる場面もあったそうだ」

それからしばらくのあいだ、どちらも言葉を継がなかった。やがて糸瓜が「はやくみつかるといいな」と呟き、岩鞍が「きっとみつかる」とこたえた。そしてふたりは、池を離れた。

大江美姫の発見に至らぬまま、七月二十七日になった。糸瓜にとって、村で活動できる最後の日だった。翌日のはやいバスで帰る予定だったからだ。

朝五時半に目が覚め、御隠神社を訪ねてみようと思い立った。氏神が祀られていると聞き、気になっていた場所だった。

姫子山の麓の一角にひろがる森は、不思議と崖崩れの被害を受けていなかった。村の中心部の惨状とかけ離れた森は、静謐さとセミの喧騒が同時に存在する矛盾に満ちた空間だった。

そこで糸瓜は奇妙な体験をする。

「参道の最後の坂をのぼりおえたときでした。樹々のあいだから、この〈垣の内〉に入っていく女の子がみえたんです」

距離は、直線でいえば三十メートルほどしかなかっただろう。はじめは神社の幟に思えたが、髪が風に流れ、それを右手でかきあげた仕草に女の子だと気づいた。キュロットスカートをはいたその子の太腿に、火傷の痕のような大きなひきつれがみえたとき、すでに彼女は糸瓜の視界から消えかけていた。

「消えた？」

魞沢の目が輝く。

「糸瓜さんの目の前で、その子は消えてしまったというんですか？」

「消えたというか、竹垣の向こうに入ってみえなくなってしまったんです」

「ええと……？」

魞沢があたりをきょろきょろと見回した。

「いまはなくなっていますが、当時この敷地の境界に、竹垣がつくられていたんですよ。囲うようにではなく、社殿の正面側にだけ、衝立のようにして。それでこの場所を〈垣の内〉と呼ぶそうなんです」

竹垣が目隠しとなり、参道の手前のほうからは、〈垣の内〉をみとおすことができないようになっていたのだ。

「ははあ。ここに入る直前で参道が湾曲している理由がやっとわかりました。竹垣を避けるためだったわけですね」

「ぼくは女の子が気になって、竹垣から目を逸らさないようにしつつ曲がった参道を辿り、この場所までやってきました。そうしたら……」

目の前にあらわれたのは少女ではなく、意外な人物だった。

「岩鞍がいたんですよ」

深い藍色のTシャツと灰色の短パン、首に黄色いタオルをかけた岩鞍は、社殿の前で大きく伸びをしていた。

「岩鞍！」

「おう、糸瓜か。びっくりさせるな」

「びっくりしたのはこっちだ。いったいこんなところで……」

なにをしていると訊きかけて、彼の足もとにひろげられている寝袋に気づく。

「おまえ……まさかここで寝たのか？」

「ああ。知らない土地にいくと、よく寺社の敷地を借りて寝泊りするんだ。今日は実質的な最終日だから、その前に氏神さまとお近づきになって、ご加護をもらおうと思った」

「それでひと晩、こんな森の奥ですごした？　物好きなやつだなあ……ん？　今日が実質的な最終日ってことは、岩鞍も明日帰るのか」

「糸瓜も？」

「ああ。朝一のバスで。最後にと思って、ここをみにきた」

「俺と同じだ」

「一緒にするな。そんなことより岩鞍、いま女の子がこなかったか？」

「女の子？　くるわけないだろ。子どもたちは夏休みのラジオ体操の時間だ」

「嘘をつくな」

「あのなあ……どうしておまえに嘘をつく。もっとも、俺は音楽を聴きながらストレッチをしてたからな。気づかないうちにとおりすぎた可能性はある」

彼の首には黄色いタオルのほかに、イヤホンのコードもぶらさがっていた。

「いや、それはない。俺はずっと、向こうからこっちをみてたんだ」

でていったなら見落としたはずがない。糸瓜は社殿に視線を向けた。それに気づき、岩鞍がいう。

「御隠神社だ。山の神さまを祀っている」

社殿の扉は格子状に透けていて、内部に人影はなかった。

「その石は？」

社殿の横に巨石がある。上には蓋（ふた）のようにして一枚の板が置かれていた。

「いわば水槽だな。なかをくり抜いて、山からの湧き水をためている」

「……ふうん」

糸瓜は視線を岩鞍に戻した。

「おかしいな。たしかにここに入ったはずなんだ」

岩鞍が、思案顔で握った拳を口のあたりにあてた。

「どんな子だ」

「どんなって……小学生くらいで」

「何年生？」

「まあ、高学年だろうな」

「髪は？」

「そんなに長くはなかった」

「肩くらい？」

「ちょうどそのくらいだ」

次の質問まで、岩鞍は少し躊躇(ちゅうちょ)するような間をおいた。

「……手首に赤いミサンガなんて、巻いてなかったよな？」

「ミサンガ？……ああ、そういえば」

髪をかきあげた少女の右手首に、赤い紐のようなものが巻きついていたことを思いだした。

告げると、岩鞍の表情が強張(こわば)った。

「その子の脚……火傷の痕があったんじゃないか」

「なんだ、やっぱりみたんじゃないか？」

「なんだ、やっぱりみたんじゃないか……ん？　それならあの子、いったいどこに……」

岩鞍は黙っている。その目が、糸瓜から巨石へと向けられた。

「おい、どうした？」

「隠しても仕方ないな」

硬い表情のまま、呟くようにいう。

「白状するよ。その子なら、あそこにいる」

「え？」

彼は石を指さしていた。

「……どこに？」

「あのなかに」

「……どうして」

「自分で確かめてみろ」

「だって……水が張ってあるんだろ？」

「ああ。村の伝説では、ここの湧水も神池の水も、どちらも山の神さまの涙だという」

湧き水も池も源はひとつ——岩鞍の目が、昏い光を帯びたように感じられた。

「おまえ……なにかしたのか？」

「いいから、はやくみてみろよ」

糸瓜は後退りするようにして石に近づいた。板を握る手に力が入る。ゆっくりずらしていくと、朝日が大きな石の洞を照らしだした。

「……空っぽだ」

ない。水も、女の子の姿も。

ふざけやがって……！　振り返ろうとしたそのとき、背中をどんと押された。糸瓜は石の穴に転がった。すぐ暗闇に覆われる。板で蓋をされたのだ。

「おい！　ふざけるな！」

上から岩鞍が押さえつけているらしい。ひんやりとした石のなかで身体(からだ)は熱を帯びるが、踏ん張りの利かない体勢で、板は少しももちあがらない。

「瓦礫の下は、もっと暗いんだろうな……」

おそらく数十秒も経って、ようやく岩鞍の声が聞こえた。

急に蓋が軽くなり、視界が開けた。立ちあがり、力を入れすぎて筋をちがえた首を揉む。押し込められたときに打ちつけた肘も痛い。岩鞍も糸瓜同様、息を切らしていた。

「なんのつもりだ」

「村の人から聞いたんだよ。行方不明になっている大江美姫という子の特徴を。肩までの長さの髪と、赤いミサンガ、そして右脚に大きな火傷の痕がある」

岩鞍の返答に、糸瓜は絶句した。

「おまえがみたのは、きっと彼女だ」

「ばかな……」

「神さまの涙かどうかは知らないが、森と神池は、水脈を通じて地下でつながっている。俺とおまえがこの場所で顔を合わせたのも偶然じゃない。呼ばれたんだよ、あの子に」

「ちょっと待て……」

「そんな顔するな。べつに頭がおかしくなったわけじゃない」

岩鞍は笑った。その顔をみて、糸瓜は知らず握りしめていた拳をゆるめた。

「水といえば、石のなかは空だったぞ」

肩の力を抜き、話を逸らしてみる。

「ここの湧き水も、五月の地震でとまってしまったらしい。流れがないと水も腐るから一度ぜんぶ抜いて、落ち葉なんかがたまらないよう蓋をしたんだろう。だが、彼女がここに姿をみせたってことは、水脈は生きてるにちがいない。いまもちゃんと、つながっているんだよ」

岩鞍の精神世界的な発言に戸惑いつつ、糸瓜はそれでも話に引き込まれていた。

「昨日の夜、俺も石のなかに入ってみたんだ」

岩鞍が、ぽつりという。

「なんでそんなこと……」

「森の水と池の水が同源なら、それを通じて、彼女の声が聞こえてくるかもしれないと思ったんだ。暗闇のなかで、彼女に近づけるんじゃないかって。ばかげているが、俺は本気でそんなことを考えていた」

「それを俺にも試させたくて、悪ふざけをしたっていうのか」

「俺の愚かさを知ってほしくてな。臆面もなくいうと、俺は周囲から、冷静で賢いやつだと思われることが多い。だが実際はそうじゃない。周りの目ばかり気にして、教科書どおりのことしかやらない人間ってだけだ。上辺で生きてる自分を変えたくてボランティアを志願するのに、結局そこでも優等生になってしまう」

「べつにいいじゃないか」

「そんな状態だから、自分のやったことに後悔ばかり生まれる」

岩鞍が、まっすぐにこちらをみてきた。

「糸瓜、正直いって、俺はおまえの演説に心を打たれたんだ」

「……なんだよ、急に」

「俺もやっぱり、女の子をはやくみつけてあげたい。たとえ遺体であっても、遺された人たちにとって、いまはそれだけが救いだ」

彼は寝袋を小さく丸めてたたみ、リュックのなかに押し込んだ。それを背負うと、もう一度まっすぐな視線を向けてきた。

「糸瓜、おまえの考えを一度否定しておきながら、こんなことをいうのは恥ずかしいし、申し訳ないと思う。でも……一緒に村の人たちに頼んでくれないか。池のなかを、俺たちにも捜索させてほしいと」

糸瓜はうなずいた。

地元の消防団は、はじめ、ふたりの申し出に難色を示した。池にはところどころだが深い場所があり、底の泥に足がはまれば溺れる可能性だってある。それに、どんな瓦礫が沈んでいるかわからないから、負傷の危険も大きいというのが、その理由だった。

だが岩鞍は、繰り返し頭をさげた。それは、彼が理想とするボランティア像を明らかに踏み越えた行為だったにちがいない。だがその姿は、ある人物が、おそらく必死に抑えつけていただろう感情を、つよく揺さぶった。

少女の母親が、一緒になって、どうかお願いしますと頭をさげたのだ。彼女は叫ぶようにいった。一分でも一秒でもはやく、あの子をみつけてあげたいんです。大勢でさがせば、それだけみつかる可能性は高まると思うんです……と。

消防団が折れ、危険を考慮して水に入るのは男性のみと条件をつけ、氏子たちもそれを認めた。岩鞍と糸瓜が捜索に加わって間もなく、遠巻きに事態の成り行きを眺めていたほかのボランティアも、徐々に池に入りはじめた。その日は土曜日で、大勢のボランティアが朝から集まっていた。大量の瓦礫に流木、底にたまった土砂が、数の力と若者の無鉄砲さでかきだされていった。

午後二時、村はその日の最高気温である三十七度を記録した。ちょうどその頃、岩鞍が小さな亡骸（なきがら）をすくいあげた。

遺体はお社のあった島の向こうまで流されていた。池の畔で、少女の母親が跪き、両手で顔を覆った。嗚咽は瓦礫の山に吸収され、糸瓜の耳には届かなかった。被災から、十二日が過ぎていた。

十六年前の出来事を語るあいだ、もちろんセミはそんなことに関わりなく、ひっきりなしに鳴いていた。不意に日が翳ったので空をみた。灰色の雲が垂れ込めている。西から雨が、姫子山を越えてこようとしていた。

「遺体を発見した翌日、ぼくが村を発ったその夜に、最大余震が発生しました。神池の西側に残っていた斜面が崩落し、池をほぼ完全に埋めてしまいました」

糸瓜はその様子をテレビでみた。岩鞍の危惧が現実になっていた。

「少女がぼくらを呼んだという彼の言葉が、説得力をもって迫ってくる気がしました」

「貴重なお話、ありがとうございます」

鶴宮が丁寧に頭をさげた。涙ぐんだ顔を隠したようにも感じられた。

「ばかにされるような気がして、これまで、あまり話してきませんでした」

「岩鞍さんというかたは、いまは……？」

「半年前に亡くなりました」

「まあ」

「海外でボランティア活動中に、事故に遭ったらしく」

「親交がつづいていたんですね」

「いいえ……たまたまニュースをみて知っただけなんです。十六年前この村をでて以来、彼とは一度も会っていませんでした。どこかで災害が起き、ボランティアの活動が報じられるたび、きっとそこに岩鞍がいるにちがいないと、心のなかで応援するばかりでした」

もう一度この村を訪れようと思った最大の要因は、岩鞍の死を知ったことだった。

「話を聞いて、鶴宮さんは、ぼくの体験をどう感じましたか」

訊ねると、しんみりしていた彼女の表情が、研究者の顔に戻ったような気がした。

「たいへん興味深く感じました」

「学者さんの解釈を聞いてみたいものです」

「解釈だなんて……」

「ここでお会いしたのもなにかの縁です。滅多に他人に話さないので、感想を聞いてみたいんですよ」

そう請うと、鶴宮は少し困った様子で、

「多少わたしの領分をはずれますが……」

と、髪をかきあげた。

「……この御隠神社は山麓にありますから、山岳信仰の一派の聖地であるかどうかは議論の余地が残りますが、有名な霊場である出羽三山が近くにあることから、その影響が大きいことは間違いないと思います」

　実際、この村の氏神は山の神だ。

「山岳信仰の背景には、山の佇まいそのものが畏敬の念を抱かせるという説と、麓に住む人間にとって険しい山中は世俗と隔てられた異界——すなわち死者の世界と考えられたからという説があります。死者とはつまり親であり祖父母であり先祖です。彼らが棲む場所だから山は尊いのだという思想です」

「なるほど」

「どちらかといえば、わたしは後者の説に魅かれます。〈死への恐怖と折り合いをつける〉〈死者を尊びながらも遠ざける〉といった宗教の根源が垣間みえますし、そこから発展して、〈忌〉という語が〈清浄〉と〈穢〉の両極の意味をもつという民俗学上の疑問への、ひとつの説明にもなると感じるからです」

「〈忌〉が清浄な言葉？」

「ええ。〈神事に慎む、心身を清める〉といった意味を併せもち、イミは〈斎〉とも書きます」

　鶴宮が「斎場の斎」と漢字を説明した。単純に飲み込めば、神聖さと畏れの同居する場所が霊山ということになる。

「つまり、修験道における山の修行とは、死者の世界に足を踏み入れること、生きながら死ぬことです。一度死んで自身の罪や穢を払い落とし、きれいになって生まれ変わるわけです。……さて、山を尊いとする信仰が起きれば、対極の麓——人の暮らす俗界は〈そうでない場所〉になります。そこに地獄信仰が生まれます。罪や業を背負ったまま死んだ者の霊は、山の神のそばにはいけないのです」

　講義を聴きながら、糸瓜はメモでもとったほうがいいだろうかという気分になってくる。

「以上を踏まえれば、この御隠神社は本殿というよりも、あくまで俗界と神域の境界に置かれた別殿であると捉えることもできます。俗界と神域の境界は、そのまま、この世とあの世の境といいかえてかまいません」

　そこまで聴講し、鶴宮の解釈の道筋が糸瓜にもみえてきた。

「わかりかけてきました。本来であれば、村の死者の魂は、氏神の棲む姫子山に向かうはずだ。しかし、罪業を背負った者の魂は、山に受け入れてもらうことができず麓にとどまらなければならない。そういう理解で、あっていますか？」

「はい」

「つまり大江美姫という少女は、悪戯で池を泳いだため氏神に受け入れてもらうことができず、彼女の霊は山麓で彷徨いつづけるしかなかった。その姿を、あの日ぼくが目にした。鶴宮さんは、そう解釈した」

「ええ。まあ」

「ぼくがみた少女の霊は、実在したのだと」

すると彼女は、また困ったような顔をした。

「実在と不在の境界は、山と山麓のように曖昧（あいまい）です。わたしの学問は、幽霊の真贋（しんがん）を議論するものではないんです。幽霊を存在させるに至った風土のほうに着目します」

「それはどういう意味です？」

「ボランティアに励むかたは、共感する力がつよいと思うんです。他人の痛みを自分の痛みのように感じるから、自分の生活を割いてでも助けずにいられない」

「はあ……」

「わたしにいえることは、そのような人にとって、幽霊は存在しやすいだろうということです」

「……ん？」

「大江美姫さんの情報を住民から聞きだす過程で、岩鞍さん同様、糸瓜さんも村にまつわる伝承や信仰の諸々を、程度の差はあれ耳にしたと思います。そのなかに、いまわたしが述べた地獄信仰のような話が、じつはあったのではないでしょうか？　それらと母親の告白が結びついた結果、〈神聖な池を泳いだ報いを受け、少女は森にとどまっている〉というイメージが無意識のうちにできあがり、少女の像を映しだしてしまった——もしかしたら糸瓜さんが目にしたものは、最初にそう感じたとおり、ただの神社の幟だったのかもしれない。有り体にいえば、正体みたり枯れ尾花……というやつです」

「要するに、思い込みが烈しい人間の空想の産物だったと」

「気を悪くしないでください。仮説を述べただけです」

糸瓜を不機嫌にさせたと思ったのか、鶴宮がつとめて明るい調子で、

「そういえば、この土地でセミを食べるのも信仰に結びついているんですよ」

と話を逸らした。

「森のセミは、村では〈亡くなった人の魂が姿を変えたもの〉と考えられ、食べることでそれを身体に取り入れる——霊性を自身のものにすることができるとされているんです」

ここで魜沢が、ずいぶん久しぶりに口を開いた。

「セミは羽化のため土からでてくる。それが死者の復活を思わせるんでしょうね。とくに、お盆と重なる時期に鳴くセミは、ほかの虫よりそういう捉えかたがされやすいにちがいありません」

セミの話題になり、息を吹き返したように喋りだす。鶴宮が少し笑ってあとをつづけた。

「それと、村でセミ食は死者供養の儀式のひとつにもなっていて、年忌の法要で食べるものとされているんです。地元では〈セミ供養〉と呼んでいます。残念ながら、最近の法事の席では、象ったお菓子で代用するみたいですけど」

「先生、お菓子の形は成虫ですか、幼虫ですか」

鮎沢がディテールにこだわる。

「両方よ」

そのとき、頬を雨粒がぽつりと叩いた。

「降ってきた」

ベンチから立ちあがり、自然と三人は、社殿の狭い軒下（のきした）に身を寄せる恰好になった。雨はつよくなり、たちまち森の匂いが濃くなった。隣に並んだ鶴宮が、こちらの顔を覗き込む。

「……糸瓜さん、このあとは？」

「バスに乗って駅まで……あっ」

携帯電話をみると、次のバスまで三十分足らずだった。それを逃せば二時間後の最終便になる。

「ぼくはもういかないと」

「ぼくも次のバスに乗ることにします」

と、鮎沢。

「じゃあ、ずぶ濡れ覚悟で走りましょう」

鶴宮がそういって駆けだした。〈垣の内〉をでて参道を何十メートルか進んだところで、先頭にいた彼女が急に足をとめた。

「どうしました」

「先にどうぞ。すぐに追いかけますから」

少し走って振り返ると、彼女は参道を逸れて木立のなかにいた。突如、森が光に包まれ、一本の樹に手を伸ばす鶴宮の姿が浮かびあがった。一秒も空けず雷鳴が轟き、鮎沢が「ひゃあ」と情けない声をだした。

「鶴宮さん！」

「いまいきます！」

森を抜けた頃には、ワイシャツは水を含んで透けたようになり、革靴の底は泥で厚みを増していた。雷こそ遠ざかったが、雨はまだ降りつづいていた。鳥居のそばに社務所のような建物があり、その軒下に入る。庇はわずかで、三人はつまさき立ちになり息を切らしていた。

「バスには間に合いそうですか？」

訊ねてきた鶴宮の上気した頰を、汗にもみえる雨粒が流れた。

「ええ」

「それはよかった」

「鶴宮さんは乗らないんですか」

「調査がてら歩いて街までいってみようと思います。途中で神池の跡地にも寄りたいですし」

「この雨のなか？」

「少しおさまってきたみたいです。それに、これ以上濡れようがないですから」

「はは。たしかに」

「……ところで糸瓜さん、社殿の前から目隠しの竹垣が消えた理由をご存じですか?」

「え?……さあ。老朽化とか」

「ふふ。あの〈垣の内〉は、数年前まで女人禁制の結界だったんです」

「女人禁制……ですか」

「女性の入山拒否は、山岳信仰の霊場ではよくあることです。修験道の開祖とされる呪術者は、母と決別して山に入ったとされます。山は死者の場であると同時に再生儀式のための母胎であり、入るためには世俗の母――すなわち女性と決別することが必要だから、別れの場として女人結界が生まれた……というのが教理的な理屈です。この姫子山も、名前からわかるとおり女神の山です」

雨が入ったのか、鶴宮が目のあたりを拭った。

「しかし実際には、厳しい修行の場に女性がいては性欲を抑えられないという男性側の都合に、月経や出産に伴う女性の出血を穢とする〈忌〉の価値観が正当性を与えた結果だと思います。いまではパワースポットといって女性の登山を歓迎している出羽三山ですが、女性に修行が認められたのは近年のこと。この西溜村でも、人権問題として外部から批判があがったことを受け、やっと禁制を撤廃しました」

「そのときに竹垣が除かれた?」

「それまで竹垣があったのは、女性が手前の参道から社殿を目にすることができないようにという理由だったんです」

「……なるほど。そういう経緯が」

「当時の糸瓜さんが感じたとおり、実際この村には、古くからの因習が伝統や文化といった言葉で飾られて残っていたんです。男性も女性も、多くの人が疑問にも思わず、本質的な意味さえ見失い、ただ日常となってしまった型だけの慣習(ならわし)です。それでも型があれば、そこに嵌(は)まることを求められます」

　髪と肩を濡らし、彼女は小さく震えていた。

「ごめんなさい。急いでいるのにこんな話……そうだ。最後にこれ、さしあげます。ご迷惑かもしれませんけど……」

　鶴宮は胸に抱えていたリュックから紙の束をとりだし、それらをふたつに分けた。

「わたしが発表した論文だとか、雑誌に書いたちょっとした文章の別刷りなんです」

　本の一部だけを印刷してもらったものを別刷りというそうだ。学会で配布するため持参したものの余りだという。

「これはどうも」

「興味がなかったら捨ててください。はい、魞沢さんにもあげる。あなたは絶対読むように！」

「ありがとうございます」

魞沢は両手で紙の束を恭（うやうや）しく受けとった。

「ほら、濡らさないよう、はやくしまって……じゃあ、わたしはこれで。またいつか、縁があったらお会いしましょう」

いうがはやいか軒下をでていった鶴宮に、糸瓜は慌てて声をかけた。

「鶴宮さん、今回の調査が上手くいくことを願っています！」

「どうもありがとう！」

走りながら振り向き、高く手をあげた彼女の姿は、アスファルトの舗道に立つ水煙に紛れ、すぐにみえなくなってしまった。

左沢（あてらざわ）線羽前高松（うぜんたかまつ）駅に向かうバスの最後部席、糸瓜と魞沢は少しあいだを空けて腰掛けていた。ほかに乗客はなく、停留所が近づくたび流れるアナウンスに対して、自分たちは終点までいきますからと、声をかけておきたい気持ちになる。

糸瓜がタオルで身体を拭うあいだ、魞沢は鶴宮からもらった別刷りにさっそく目をとおしていた。髪の先から滴（しずく）が落ち、論文を濡らしている。もう雨はやんで、窓からの西日が、セミの幼虫を想わせる彼の丸い背中を照らしていた。

「おもしろいですか」

「え、ああ、はい……ええと、なんですって？」

「その論文、おもしろいですか」

「ええ、ええ。たいへん興味深いです」

「鶴宮さんの幽霊の解釈を、どう感じました？」

「ええ、ええ。ちょうどぼくもそのことを考えていたところです」

「論文を読みながら？」

「とても参考になりました」

「鮴沢さんがどう考えたか、ぜひ聞かせてくださいよ」

「そうですね……少女の霊は糸瓜さんの脳が創りだした幻影である、という先生の仮説には、多少乱暴な部分があったとは感じます」

「たとえば？」

「糸瓜さんが目撃した少女の特徴が、亡くなった大江美姫さんのそれと一致していたという点です。これについて、先生はじゅうぶんな説明をしていません」

糸瓜はうなずいた。

「ぼくもそこが引っかかるんです。鶴宮さんの説に従うなら、ぼくは美姫さんの特徴について事前に知っていて、その情報をもとに脳が幻影を描きだしたことになる」

しかしそうだとしたら、あの少女を目にした瞬間、特徴の一致に気づいて大江美姫に連想が飛ばなければ、思考の流れとして不自然ではないか？

だが実際には、岩鞍に特徴の一致を教えられるまで、そんなことにはまったく思い至らなかったのだ。自分が大江美姫の外見について、予め知っていたとは考えられない。

「あれは幻なんかじゃないと、ぼくは確信しています」

糸瓜の言葉に、魞沢が応じる。

「もちろんです。糸瓜さんがみた少女は、たしかにあの場所に存在しました」

幾分とぼけた表情をしているが、彼の声は神妙だった。いや、とぼけた顔が彼の真顔なのだろう。とくに力づよくは感じなかったが、賛意を得て糸瓜は気をよくした。

「幽霊の実在を肯定してくれるわけですね」

「幽霊……いやいや、ちがいます」

魞沢は急に慌てだした。

「ぼくは少女が実在したといっているんです」

「ですから少女の霊が……」

「彼女は霊ではなく、実体をもった人間です」

なにか混乱しているようだ。糸瓜は穏やかに諭そうとする。

「大江美姫さんは、そのときすでに亡くなっていたんですよ」

「であれば結論はひとつです。糸瓜さんがみた女の子は、大江美姫さん以外の人物ということになります」

　どうやら、だいぶこんがらがっている。

「ぼくがみた少女の特徴は、大江美姫さんの特徴と驚くほど合致していました」

「合致して当然です。なにしろ岩鞍さんが挙げたのは、糸瓜さんが目撃した少女の特徴なんですから」

「……ちょっと待ってください。よくわからないな……」

「糸瓜さんは竹垣の向こうに入っていく少女をみた。岩鞍さんは竹垣のこちら側に入ってきた少女をみた。その少女は生きている人間であり、大江美姫さんではない。しかし岩鞍さんは、その少女の特徴を大江美姫さんの特徴として伝えることによって、糸瓜さんに誤解を与えたんです」

「いや……だったらあの女の子は、どこに消えてしまったんです？」

「消えはしません。隠れていただけです」

「どこに？　社殿も石も覗いた」

「寝袋があります」

「え？」

「岩鞍さんの寝袋です」

「ねぶ……それはダメだ」

思わず笑ってしまう。

「岩鞍はぼくの目の前で、寝袋を小さくたたんでリュックに詰めたんですよ？　どんな小さい子どもでも、隠れてはいられない」

「その時点で、女の子は寝袋を抜けだしていました」

「都合がよすぎる。いつそんなことができ……」

……あ。

「そうです。糸瓜さんが石に閉じ込められていたあいだなら可能です」

たしかにあのときであれば……バスがガタリと揺れた。

「鲂沢さん、落ちつきましょう」

「ぼくはずっと落ちついてます」

「岩鞍とあの少女は、一緒になってぼくを騙したんですか？」

「示し合わせてという意味ですか？　それはないでしょう。糸瓜さんがあの時間あの場所にくることを予想できたとは思えません」

「だったら、いったいどういうことです。どうして岩鞍の寝袋に女の子が入ることになるんです？」

「岩鞍さんが入るよう促したんでしょう」

「なぜ……ま、まさか前日からふたりで寝泊りしてたわけじゃないでしょうね！　相手は小学生ですよ」

「ちがいます。糸瓜さんこそ落ちついてください。岩鞍さんは、突然あらわれた少女を守るつもりで、ああいった行動にでたんです」

「守る？　わからないな」

「〈垣の内〉がどういう場所だったか、鶴宮先生の話を思いだしてください。少女は村のしきたりを破って女人禁制の結界に入ったんです」

「……ああ」

「岩鞍さんは、禁則を破った少女の姿を、ほかの人にみられてはいけないと考えた。糸瓜さんから大江美姫さんの母親の言葉を聞いた彼は、翌日、村の人たちから美姫さんにまつわる情報をかなり集めていました。当然そこには、村の伝承が関わりをもっていますから、女人禁制のしきたりについて聞き及んでいたとしても、おかしくはありません。加えて、ほかのある事情についても、岩鞍さんは知っていたのかもしれない。だから彼なりに事態を飲み込んだ」

「ある事情？　飲み込む？」

「まずは流れを追いましょう。岩鞍さんは、少女のあとにつづいて、誰かが近づいてくる気配を感じた。彼はそれが、村の住民であることを危惧した。美姫さんが池を泳いで渡ったとき、わざわざそれを学校へ通報するような人がいたことを思いだしたからです。美姫さんの母親が、躾について心ない言葉で非難を受けたことを思いだしたからです。結果として、ぎくしゃくしたままの親子のあいだに、取り返しのつかない後悔が遺ったからです」

鯱沢は、手にしていた別刷りを脇に置いた。

「大江美姫さんが神池から発見されない状況で、美姫さんと同じように女人禁制を破った少女がいるということが知れ渡ったら、どういった感情がその子やその子の家族に向けられるだろうか……岩鞍さんは、それを危惧したのだと思います」

「いま『同じように』といいましたね？　つまり、美姫さんも〈垣の内〉に入ったことがあったと？」

「いえ、ぼくがいっているのは神池のことです。御隠の森が、女人禁制の神域を囲む〈結界〉なのであれば、あの池もまた、お社のある聖なる島を囲んだ〈結界〉であると相似形で考えたほうが自然ではありませんか？　であれば大江美姫さんは、女人禁制を破って、中央の島に立ち入ったことになります」

「……なるほど」

「話を戻しましょう。少女をほかの人にみられてはならない——咄嗟の判断で岩鞍さんは彼女を寝袋に隠した。少女のほうにも罪の意識と、見咎められることへの畏れがあった。だからすぐに、彼が隠れろといったとき、この人はわたしを匿ってくれるつもりなのだと理解できた」

「ところが、あらわれたのは村の人間ではなく、ぼくだった。なのに岩鞍は少女を隠しつづけた」

「迷いはあったと思います。ただ岩鞍さんには、自分の説教のせいで糸瓜さんが宗旨(しゅうし)がえしてしまったことに対する不安があった」

鮫沢は「宗旨がえ」という表現を冗談めかしてつかった。

「それは、いったいどういう意味です?」

「たとえば……ボランティアは自分がやりたいことをやるのではなく、被災者感情に寄り添って行動することが使命なのだと、岩鞍さんは彼なりの心得を糸瓜さんに説きました。するとその心得に従って、糸瓜さんが地元の価値観をもとに、少女の行為をその場で非難するような事態にならないかと案じた」

「いくらなんでも女の子を叱(しか)るようなことは……」

「まあまあ、糸瓜さんがそういう人だといってるわけじゃありません。岩鞍さんとしては、できるだけ少女を不安から遠ざけてあげたかった」

「そもそもぼくは、あそこが女人禁制であることさえ知らなかったんですよ」

「ということが、岩鞍さんにはわからない。自分同様、村の人たちから情報を仕入れている可能性があると考えても無理はありません」

「そうか……」

「さて、岩鞍さんは少女をどう逃がそうかと思案した。理想的なのは糸瓜さんがさっさと帰ってくれることですが、そうしろと促すわけにもいかない。しかも糸瓜さんは少女の姿を目撃してしまっていた。社殿の敷地からでていないはずだと主張している。社殿のなかを覗いて、どこかに隠れているのではないかと疑ってもいる。岩鞍さんは、少女が消えたことについて、糸瓜さんを納得させられる理由が必要だと考えた。そこで……」

「少女が大江美姫さんの霊であると、ぼくに信じ込ませようとした」

ふつうなら納得できる理由ではない。だが、被災地での非日常、みつからない行方不明者、山間(やまあい)の村の霊場、そういった独特の空気が、糸瓜にそれを飲み込ませてしまった。

「そのとき岩鞍さんのなかに、神池と水源を同じにすると伝えられる湧水を物語に利用するアイディアが浮かびました。糸瓜さんを石のなかに閉じ込め、そのあいだに少女を逃がそうとしたわけです。岩鞍さんが『その子なら、あそこにいる』といったとき、寝袋のなかの少女は『裏切られた!』と身体を震わせたかもしれません。しかしふたりの男性は自分から遠ざかっていき、社殿のあたりでなにやら騒ぎはじめた。どうやらあとからやってきたほうが、石に閉じ込められたらしい。そう悟った彼女は、寝袋からそっと顔をだす……」

「そこに岩鞍から『逃げろ』の合図がでた」

おそらくは、こちらの大声に反応を示さず沈黙していた数十秒のあいだに、身振り手振りで少女に伝えたのだ。

「単純なからくりです」

「その単純さに、ぼくは騙されていた」

「途中からは、糸瓜さんを騙すこと自体が岩鞍さんの目的になっていきます」

「というと？」

「糸瓜さんの熱い気持ちを甦らせるためです」

「はあ？」

「神社でひと晩すごすことを決めた時点で、きっと岩鞍さんは、自分の信念を曲げてでも、大江美姫さんの捜索に直接参加しようと考えていた。母親の言葉や、村の人から聞き知った事情が、彼を心変わりさせていたんです」

なにしろ実質的な最終日でしたから、と付け加え、

「岩鞍さんは、それを糸瓜さんと一緒にやりたいと思った。ただそのためには、説教までしてしまった相手に、自分の心変わりを受け入れてもらい、かつ、ボランティア仲間に一席ぶったときのような感情を取り戻してもらう必要があると考えていた。少女を匿い、そして逃がす過程において、この一連の嘘が、糸瓜さんの心を動かすための演出につかえると思いついた」

「驚いたな……まさか魞沢さん、じつは岩鞍の知り合いで、彼から真相を聞いていたなんてことはないですよね？」

「そういった偶然はたしかに起こり得ることです」

どこか意味深な口ぶりだった。

「偶然といえば……」

ふと、疑問が浮かぶ。

「……神池の禁制を破った大江美姫さんと、神社の禁制をおかした少女、このふたりの行為は、直接の関連があったんでしょうかね。そもそも、なぜ彼女たちは、急に村のしきたりを無視するような真似を……」

「大江美姫さんは当時小学六年生でしたね。神社で会った少女も小学校高学年のようにみえたと。そのくらいの年齢では、自分が女性であると否応なく思わされる出来事が起こります」

糸瓜は鶴宮がしてくれた〈忌〉についての話を思いだした。

「……月経、ですね」

「月経や出産の出血を遠ざけるのには、〈死〉に対する恐怖が根源に存在するとは思います。古い時代、出産で命を落とす女性は、現在と比べものにならないほど多かったはずですから。しかし、それがいつしか、社会において女性蔑視と結びついていった。ふたりの少女は、自らが〈忌〉の対象となったとき、自分が暮らす村に、そういった風土が目にみえる形で残っていることにあらためて気づかされた……」

「少女たちは、それに抗おうとした」

そう口にして、気づくことがあった。

「もしかしたら……鶴宮さんが別れ際、女人禁制について触れたのは、このことを伝えたかったんじゃありませんか？　ということはつまり、彼女は魞沢さんと同じ結論に到達していたことなる」

　そのとき、鮇沢が別刷りのひとつをとり、糸瓜にさしだした。

「雨が降らず、バスまでもう少し時間があったなら、先生ご自身が種明かしをされていたかもしれません」

　言葉の意味が飲み込めぬまま別刷りを受けとる。それは論文ではなく、鶴宮が民俗学を志すようになったきっかけについてのエッセイだった。


《わたしが生まれた村には、土着の信仰が残っていました。小さいうち、夏のお祭りは楽しみでも、信仰やそれゆえの慣習自体について深く考えることはありませんでした。ところが六年生にあがった頃、自分の身体に変化がおとずれたことがきっかけで、〈あたりまえのこと〉として気にもとめなかった風習に、大きな疑問を抱くようになりました。

　女の子は神社をみにいってはいけないといわれ、稚児行列にも男児しか選ばれない。その背景に穢という思想があることを知り、十一歳のわたしは大きなショックを受けました。その気持ちを両親に伝えても、深く考えることはないと、まともに相手をしてもらえません。もっとも父親には、娘の口から月経や出産という言葉を聞いたことに対する動揺が先にあったように思いますが。

　共感してくれる人がほしい。わたしはその気持ちを、親しかった友人に向けました。ミキちゃんの家は当時、神池という村の聖所の管理を担っていました。わたしはある日の下校途中、彼女に「女人禁制の池を守るだなんて、よく平気だね」と、心ない言葉をぶつけました。ミキちゃんは「わたしが守ってるんじゃない。お父さんとお母さんが守ってるんだよ」と返事をしましたが、わたしはさらに「でもミキちゃんは、そのことをなんとも思ってないんでしょう」と、追い詰めるようなことをいったのです。

その何日かあとでした。朝、教室につくと、ミキちゃんが近寄ってきて「わたし、やったよ」と、囁(ささや)いてきたのです。なんのことかわからずにいるわたしに、彼女は誇らしげに微笑んでいます。ホームルームが終わると、担任がミキちゃんを呼びだし、一時間目は自習になりました。それから、彼女が池を泳いで島に渡ったという話が、あっという間にひろがりました。どうやらそれを目撃していた人が、学校に通報したようでした。

わたしは怖くなりました。ただただ、ミキちゃんがわたしの名前を誰にもいわないようにと願いました。その日は彼女に話しかけられないよう、休み時間になるとすぐ廊下に逃げ、授業が終わると真っ先に教室を飛びだしました。ところが、うしろから走ってきたミキちゃんに追いつかれ、肩をしっかりつかまれました。

「わたし、イツミちゃんのこと、なんにも喋ってないよ！」

自分の心が見透かされたようで、恥ずかしくなると同時に怒りがこみあげてきました。

「あんなことしろだなんて、ひとこともいってないから」

「そうだよ。わたしが自分で決めたことだよ」

彼女はそういって、唇を噛みました。

クラスのなかには、わたしが図書室で村の史書や山岳宗教についての本を読んでいたことを知る子もいて、そのこととミキちゃんの行為を結びつける噂もありました。わたしは図書室にも近寄らなくなりました。大きな地震が村を襲ったのは、それから数か月が経った頃です。ミキちゃんは土砂崩れで家ごと流され、遺体は池から発見されました。

彼女が禁制を破ったことと、災害で命を落としたことに関係があるかと問われれば、いまのわたしは無論ノーとこたえます。しかし、当時のわたしはそう思うことができませんでした。因習は因果となって内側からわたしを捉えたのです。後年、民俗学といった分野に興味を抱き、やがて研究者を志すようになったのには、その因果を学問の力によって断ち切り、いまはもう失われたはずの村の慣習から、わたし自身を解放したいという気持ちがあったからかもしれません》

そこまで読んで糸瓜は別刷りを伏せた。すぐには言葉がでなかった。

魞沢が、バツが悪そうに頭をかいた。

「どうやらぼくは、先生の里帰りの邪魔をしてしまったようです」

「じゃあ、ぼくが十六年前、あの森でみた少女は……」

そういった偶然はたしかに起こり得ることです——先刻の鲂沢の意味深な口ぶりが、じつは自分と鶴宮に向けられていたことに気づく。

「ああ、そうか。だから……」

糸瓜が名乗ったとき、鶴宮は、こちらの顔をまじまじとみつめてきた。彼女はきっと、少女の頃に寝袋のなかで聞いた、岩鞍が呼んだ風変わりな名前を憶えていたのだ。

「鲂沢さんがいう、岩鞍が知っていたかもしれないある事情というのは、つまり……」

「ええ。大江美姫さんが池を泳ぐに至った経緯です。先生の文章には、そのことがクラスで噂になっていた可能性が書かれていますから、情報集めに熱心だった岩鞍さんの耳にも入ったのではないかと思いまして」

ランドセルの女児たちと話し込んでいた彼の姿が、ふたたび記憶に甦った。

「岩鞍さんは神社にあらわれた少女こそが、大江美姫さんの禁制破りに関係した友人ではないかと考えた。そして、彼女が森を訪れた心情に思いを巡らせた。この少女は友人の死を、友人の遺体がいつまで経っても発見されないことを、自分の罪のように感じているのではないか……」

雨宿りをしていた鶴宮の濡れた髪を思いだす。小さく震えていた肩を思いだす。

「だから禁を破り神域に踏み入った。自分が罰を受けるかわりに、友人を池から返してください、と。岩鞍さんは少女のその苦しみを察したからこそ、美姫さんの捜索を真に決意した……

そんなふうに考えることは、できないでしょうか」

　岩鞍はいっていた。いまは遺体の発見だけが救いなのだ——と。

　糸瓜は窓を開けて、深く息を吸った。森の匂いを思いだそうとしてみても、排気ガスとアスファルトの熱気が邪魔をした。このあたりに、雨は降らなかったらしい。村はもう、遠くなっていた。

「鶴宮さんは、どうして森でひとこと、『あれはわたしだった』といってくれなかったんだろう。それだけでぼくらには、もっと語るべきことが……」

「それだけでは伝わらない事情があると、先生は考えたのかもしれません。あるいは、ぼくらに考えてみてほしかった」

「………」

「岩鞍さんが秘密のままにしたものを明かすことへの迷いがあったのかもしれません。いっぽうで、岩鞍さんが亡くなったのであれば、糸瓜さんに真実を打ち明けられるのは自分しかいない……。最後は、気づくか気づかないかを、この別刷りに託すことにした。実際ぼくは、この文章を読んで、糸瓜さんの出会った少女が先生だったのではないかと思ったからこそ、彼女が消えたからくりを……少女や岩鞍さんの心を、考えてみる気になったんです」

　糸瓜は、雨に打たれながら、参道を逸れた木立のなかに入っていった鶴宮の姿を思いだしていた。一本の樹に手を伸ばした彼女がつかんだもの、それは一匹のセミの幼虫だった。雷光に包まれて、彼女はなんの躊躇（ためら）いもなく、そのセミを口に放り込んだ。

今年は大江美姫の十七回忌にあたる。鶴宮は〈セミ供養〉のために、あの森へ帰ったのだ。

アナウンスが流れた。バスはもうじき、羽前高松駅につく。

コマチグモ

元町東通り(もとまちひがしどお)りを南下して現場に向かっていた救急車を、信号機のない交差点の真ん中に立っていた初老の男性が両腕を振ってとめた。交差点では事故が起きていた。

救急車の対向車線に、フロントが大きく凹(へこ)んだミニバンが停車している。その前方に見知った制服の女子中学生が倒れていた。

中年の女性が、パンパンにふくらんだレジ袋を片腕に引っかけたまま、道路に膝(ひざ)をついて被害者に声をかけている。

ミニバンのドライバーらしき会社員風の男性は、倒れている中学生と車のあいだを、おろおろと行き来するばかりだった。スマホでなにかしようとしているが、操作もままならない様子だ。彼に目立った外傷は認められない。

「すみません！」

若い隊員は運転席の窓から顔をだし、救急車をとめた初老の男性に大声で呼びかけた。

「通報はしているんですね？」

相手は一瞬ぽかんとしてから、

「だからあんたたちがきたんでしょうよ」

と、携帯電話をかざして口を尖らせた。

「はやく病院につれてってあげて！　この娘、意識がないのよ」

中年の女性がレジ袋を振り回して叫ぶ。厄介な事態になったと、隊員はもう一度声を張りあげた。

「われわれはべつの通報を受けてこの先の団地に向かっているんです！　すぐにもう一台到着しますから、それを待ってください」

十月一日、十六時五分。団地の一室で住人が倒れているとの通報が入った。現場には、この交差点を右折して住宅街の一方通行の道に入るのがいちばん近いのだが、事故現場が行く手を塞いでいる。

「なによ、まさか見捨てるっていうの？」

中年女性が食ってかかってきた。

「そういうわけでは……」

「だったらさっさと降りてきなさいよ！」

返す言葉に詰まる。

「いけ。ひとつ先の交差点を右折だ」

助手席の隊長からの指示に若い隊員はうなずき、アクセルに足をかけた。ところが、

「待ちなさい！」

中年女性がまさかの俊敏さで救急車の前に飛びだし、慌ててブレーキを踏む。

「危険です！　どいてください」

「あんたたち、この娘が死んでもいいっていうの！」

女性は袋から抜いたネギで、「あんた・たち」と、隊員と隊長をひとりずつさした。

「お願いします！　われわれも大切な命をひとつあずかってるんです」

そのとき後方からサイレンが聞こえてきて、思わず安堵の息をつく。

「ほら、聞こえるでしょう！　いま到着しますから」

女性はなにもいわずに憎悪のこもったひと睨みをよこすと、中学生のそばへ駆け戻り、「大丈夫よ、大丈夫だから」と、手を握って呼びかけた。

その様子を横目に救急車は動きだし、ひとつ南の交差点を右折して住宅地に入る。ほっとしたのも束の間、またもトラブルが待ちかまえていた。

団地の敷地は周囲を柵で囲まれている。南北に二か所、常時開け放たれた門扉があり、南の通りからも車両の出入りは可能……なはずだった。

しかし南門のすぐそばで水道管工事がおこなわれており、車の出入りができないのだ。

おまけに工事のせいで道の一部が片側交互通行となり、渋滞が発生していた。最初に予定し

ていた北側の通りとちがって、こちらは一方通行ではない。

「降りて先に現場に向かう。北門に車を回しておけ」

隊長がそういって、後部の救急救命士に「いくぞ」と声をかける。彼は「はい」と応じて、気道確保用の器材が入ったケースと、スクープストレッチャーを抱えた。

スクープストレッチャーは中央で縦に割ることのできる担架で、傷病者をすくいあげる形で収容する。頭部や脊髄の損傷が疑われる場合などにつかわれ、ある程度伸縮可能なことから団地の狭い階段には適している。

ふたりは工事現場の脇をすり抜け、南門から敷地内に駆け入った。

いっぽう救急車は、団地の西側にある細い通りを迂回して、ぐるりと北を目指した。途中、団地の駐車場越しに四号棟各戸のベランダがみえる。二階にひとつだけカーテンの引かれた窓があり、現場の二〇一号室はあのあたりだろうかと、なんとなく見当をつけた。北側の道にでて東に数十メートル、一方通行を逆走して北門から入り、四号棟の前にとまる。運転席からみあげた踊り場の窓にストレッチャーがみえた。

住人たちが何事かと集まりだす。若い隊員は時計をみた。十六時十六分。通報からすでに十一分が経っていた。もう少しはやく到着できたはずだと唇を噛む。運転席から飛び降り、バックドアを跳ねあげて傷病者を迎えた。

「後頭部に外傷。呼吸はあるが意識不明」

隊長が短く告げる。普段着の女性で、顔が白い。だが、その白さはどうやら化粧のせいらしかった。唇が赤く美しいのも。

揺らさぬよう車内に運び入れ、メインのストレッチャーに固定する。すぐさま救急救命士が、血圧、心電図、血中酸素飽和度の測定にとりかかった。隊長が無線に手を伸ばす。若い隊員は北門へ車を走らせた。

幸い、受け入れ先の病院はすぐに確保できた。サイレンを鳴らして、団地北側の一方通行を東に逆走する。

事故のあった交差点で、警察官が交通整理をおこなっていた。倒れていた中学生の姿はない。ドライバーがうなだれたまま聴取を受けている。

例のレジ袋の女性は、野次馬に向けて指示棒のようにネギを操りながら、なにやら熱弁をふるっていた。こちらに気づいた彼女の視線に冷めやらぬ憎悪を感じ、若い隊員は慌てて目を逸(そ)らした。

交差点を左折した救急車は元町東通りを北上する。生体監視モニターを睨みつづける救急救命士から、「脈拍数、血圧ともに安定。心電図、血中酸素飽和度に異常所見なし」との報告がある。残念ながら脳の損傷については、車内で確認する術(すべ)がない。

隊長が、ふたたび無線のマイクを手にした。

「救急吉良(きら)元町一号より本部、応答願います」

『こちら吉良救急本部。どうぞ』

「搬送中の女性について現場状況に不審な点あり。所轄警察署への通報を要請します」

＊

市営元町団地は敷地内に四つの棟がある。それぞれ団地としてごく一般的な羊羹型と呼ばれる五階建てで、四棟は上空からみると〈E〉の字に似た配置で並んでいた。方位はそのまま〈E〉の上が北、下が南だ。

問題の四号棟は〈E〉の縦の棒にあたる。西に位置し、南北に細長い。ひとつの棟には入口がふたつあり、それぞれの階段をはさんで二戸が対称形となるオーソドックスなつくりだった。

そこにいま、救急本部からの要請に応え、県警吉良警察署の捜査一係から、ふたりの刑事が急行した。

救急車で搬送されたのは、二〇一号室に住む平朱美、三十二歳。通報者は、同じ棟の四〇二号室の住人で、三沢加奈子。

救急隊が到着したとき、平朱美は玄関奥のダイニングキッチンの床に仰向けで倒れており、三沢加奈子が添うようにしゃがみ込んでいた。

平朱美に意識はなく、呼びかけに対しわずかな反応も示さない。呼吸は自発的におこなっており、脈動も認められたことから、心肺より脳の傷病が疑われた。

彼女をストレッチャーに乗せる際、床の血痕と、後頭部の外傷が判明。血痕は、すぐそばに置かれたスチール製のテーブルの角にも付着していた。

三沢加奈子は、平朱美が倒れた瞬間を目撃したわけではないという。

よって、外傷と意識喪失の因果関係は不明。

加えて、室内で倒れていた負傷者を、別室の住人である三沢加奈子が発見した点についても疑問がないわけではなかった。

意識を失って倒れた先にテーブルの角があったのか？

それともテーブルに頭を打ったことで意識を失ったのか？

前者だとして、意識を失った原因は病気なのか、それ以外なのか？

後者だとして、なぜテーブルに後頭部を打つような転びかたをしたのか？

要するに、平朱美は事故による負傷者なのか、なんらかの事件の被害者なのか——？

その判断が、ふたりの刑事に課せられた仕事だった。そして、もし彼女の意識が戻らない場合、それはきわめて重要な判断ということになる。

桂木弓(かつらぎゆみ)巡査が三沢加奈子に聴取をおこなうあいだ、捜査一係主任、唐津(からつ)担之(かつゆき)巡査部長は団地の管理事務所に赴き、負傷した平朱美の家族について問い合わせた。

十七時の終業が迫るなか事務員は協力的で、管理センター本部に確認をとったうえで、彼女は中学一年生の娘とふたり暮らしをしていると教えてくれた。娘の名は、真知子（まちこ）といった。

事務員に依頼して、彼女の通う中学校に電話をかけてもらったが、「すでに下校しています」との回答だった。

いまから帰宅してくる真知子に、母親が倒れて救急搬送されたことや、それに伴い自分たち刑事がやってきたことを告げなければならないと思うと、唐津は気が重かった。

四号棟の西側に設けられた駐車場の車内で、桂木からの報告を聞く。

「買い物にでようとした三沢加奈子さんは、階段の途中で二〇一号室から……」

「ちょっと待て」

唐津は左手をあげ、報告を遮（さえぎ）った。

「途中というのは、どのあたりだ」

「ええと……」

問われて桂木巡査はメモに目を落とす。

「三階と二階のあいだ、です」

「だったら最初から、そう伝えてくれ。報告は迅速かつ正確にだ。同じ情報を共有できなければ、誤った方向に進みかねない」

「失礼しました」

桂木巡査が「ふん」と小さく鼻を鳴らしたように思えたが、それは唐津の気のせいだったかもしれない。

「三階と二階のあいだまでおりてきたところで、二〇一号室から漏れてくる声に気がついたそうです」

「どん……」

「どんな声かは、いまから申しあげます。気になった三沢さんはドアの前で立ちどまり、耳をそばだてました。すると『お母さん』とか『起きて』という声が聞こえ、只事ではないと感じてチャイムを鳴らすより先にノブに手が……」

「おい、待て待て」

唐津は驚いた。桂木が「今度はなんですか?」といった表情を露骨に浮かべる。

「お母さん、だって?」

「はい」

「娘は帰宅していたのか?」

「そのようです」

「そのようです、じゃないだろう。だったら、いまはどこにいるんだ。救急車に同乗したとは聞いてないぞ」

「わかりません」

「わからない？」

「三沢さんは、ダイニングキッチンに仰向けで倒れている平朱美さんと、傍らにしゃがんでいる娘の真知子さんをみて驚いて部屋にあがり、声をかけたそうです」

――なにがあったの？　一一九番には電話したの？　そう訊いても反応がなくて……だからわたし、『大丈夫よ、おばさんに任せて。すぐに救急車を呼んであげるから。ほら、しっかりしてちょうだい！』って、真知子ちゃんの肩を揺すったんです。そしたら真知子ちゃん、虚ろだった目が、急に焦点が合ったみたいになって……。

「いきなり立ちあがると玄関へ駆けだし、外にでていってしまったと」

唐津はため息をついて、フロントガラス越しに二〇一号室のベランダをみあげた。要請を受けてやってきたのに、自分たちは問題の部屋をまだ覗いてすらいない。

仮に平朱美が死亡していたのなら、変死案件として捜査ができる。検視官や鑑識係の臨場があり、多角的に事件性の有無を判断することが可能だ。

だが彼女は生きている。救急隊が現場に疑念を感じたというだけで、家人の許可もなく勝手にあがり込み、室内を荒らすことなどできない。だから娘の帰宅後に、彼女と管理事務所両方の承諾をとったうえで、部屋をみせてもらう算段でいた。

ところが真知子はすでに帰宅しており、そのうえ現場から立ち去って行方知れずとなっている……。

どうしたものかと思案していたとき、唐津のスマホが鳴った。〈刑事課〉からだ。

「はい、唐津です」

『おい、そっちの件だが、妙なことになった』

名乗りもせずに話しだす。桂木巡査には口の形だけで「課長だ」と伝える。

「それが、じつはこちらも少し妙なことになっていまして……ええ、はい……なんですって？」

声が一瞬ひっくり返ってしまった。めずらしい反応に、助手席の桂木巡査が首を傾げた。

「はい……わかりました……はい……」

電話を切ったときには、すっかり気持ちが沈んでいた。

「主任、どうかしましたか」

「……三沢加奈子による一一九番通報の三分後、この団地から二百メートルほど離れた交差点で交通事故があったというべつの通報が、同じく救急本部に入ったそうだ」

「ここにくる途中でとおった事故現場ですね？　元町東通りの」

うなずいてつづける。

「被害者は意識不明の状態で病院に搬送され、事故を起こしたドライバーはうちの交通課が現行犯で逮捕した」

「はあ。それがこちらとなんの……」

いいかけて、桂木巡査は細く薄い眉のあいだに皺を寄せた。こちらと無関係な交通事故の連絡が、刑事課の課長から入るわけがない。

「……まさか、その被害者というのは……」

「ああ。平真知子だ」


現場の交差点を前に、唐津は腕を組んでいた。

事故発生の経緯については、ある程度判明している。

平真知子は北門をでて団地北側の通りを東に駆けた。二百メートルほど先にある元町東通りとの交差点に進入したところで、南から走ってきたミニバンに撥ねられた。

ミニバンは保険代理店の営業車両で、運転していた三十四歳の男性は外回りの業務中だったという。速度超過や前方不注意などがあったかは現時点で判然としないが、被害の大きさを勘案し現行犯逮捕に至った。墨で描いたようなブレーキ痕が生々しい。

交通課員からは、救急車を巡って多少のトラブルが発生したという余談も聞いた。平朱美の件で団地に向かっていた車が、事故現場で停車を余儀なくされたのだという。もちろん救急隊員たちは、目の前で倒れている中学生が、自分たちが救助に向かっている女性の娘だとは思いもしなかっただろう。ふたりは同じ病院に搬送されたが、親子だとわかるまでに多少の時間がかかった。

目撃者によれば、平真知子は全力で走っていた。

唐津の腕組みはいっそう固くなる。

真知子は倒れている母親を残し、交差点に進入してくる車にも気づかないほどの夢中さで、いったいどこへ向かうつもりだったのか――。

「交差点を渡ってそのまままいけば、一キロ足らずでＪＲの駅につきますね」

唐津の内心を読んだかのような桂木巡査の発言に驚き、思わず彼女の横顔をみつめた。

「エスパーか」

「は？」

「なんでもない」

ふたりは現場の交通課員に礼を述べ、交差点に背を向けて、団地に戻るべく歩きだした。

「主任、三沢さんの証言のつづきですが」

「ああ、なんだ」

「ここ最近、二〇一号室の母娘（おやこ）の仲は、あまりよくなかったようです。しょっちゅう喧嘩（けんか）の声が漏れ聞こえていたと」

「内容は？」

「立ち聞きしたわけではないので、そこまではわからない……と」

なるほど。そういう経緯があったからこそ、三沢加奈子は今日も聞き耳を立てたのだろう。

「平真知子の向かっていた先が駅だったとして」

「はい」

「駅についたら、どうするつもりだったんだ？」

「それは、電車に乗るのではないでしょうか」

　ふたりは目を合わせた。

「電車に乗って逃げようとした――そういうことか？」

「逃げたとはいっていません」

　桂木巡査が先に目を逸らす。

「平朱美はシングルマザーだ。当然働いているはずだが、帰宅が早過ぎないか？」

「三沢さんの話では、朱美さんは市内の食品工場に勤務していて、休みもシフトによって週末とはかぎらないようです。平日の在宅自体に不思議はないかと」

　平真知子は制服姿のまま交通事故に遭っている。帰宅直後だった可能性が高い。娘が帰宅したとき、母親はすでに倒れていたのか。それとも、そうではなかったのか。

「帰宅前の平真知子の様子も知りたいな」

「このあたり、少し訊ねて回りますか？」

　北門をとおりすぎ、団地の西にある児童公園にさしかかったときだった。「ちょっと、そこのおふたりさん！」と声をかけられ振り返ると、中年の女性が小走りで近寄ってきていた。

左腕にレジ袋をさげ、右手にネギを握っている。なぜネギだけを裸のままもっているのか。それは刑事でもわからない。

「あなたたち、もしかして刑事さん?」

唐津は驚いた。

「エスパーか」

「え?」

「いえ、なんでもありません。ところで、どうしてわたしたちが警察の人間だと?」

「だって、さっき事故現場で警察官といろいろ話してたじゃない。あれくらい大きな事故だと、私服の刑事さんまで捜査に乗りだしてくるのね」

「いや、事故の捜査では……」

「わたし目撃者なんですよ」

女性が自分をネギでさした。ミニバンは彼女の横を走り抜けた直後に、交差点で少女を撥ねたのだという。

「あの子、真知子さんていうんですって? なにをあんなに急いでたのか、いきなり交差点に飛びだしてきて。そのまま走り抜けちゃえばよかったんだけど、びっくりして身体が竦(すく)んじゃったのね、立ちどまっちゃったのよ。車の陰になってぶつかる瞬間はみえなかったし、ブレーキの音で悲鳴も聞こえなかった。『あっ』て思ったときには、もう弾き飛ばされて道の上。わたし、すぐに駆け寄ったわ。袋のなかで買ったばかりの卵が割れちゃったけど、そんなの小さなことじゃない。なのに運転手ときたら、おろおろするばっかり。結局近くにいた男の人が通報したのよ。以前は一方通行違反が多い場所だったんだけど、そっちは取り締まりのおかげで減ったのに……やっぱり信号をつけるべきよねえ。警察でなんとかしてちょうだいよ」

喋(しゃべ)りだすととまらない。先発の救急隊と悶着(もんちゃく)を起こした女性がいたと聞いたが、この人がそうなのではないかという気がしてきた。

「それにね刑事さん。先に現場に到着した救急車ったら、あの子を見捨てていっちゃったのよ」

やはりそうかもしれない。

「警察からも苦情を伝えておいてほしいわ。一刻を争うときに、なに考えてるのかしら」

どうやら、団地から搬送されたのが平真知子の母親だという情報までは得ていないらしい。このまま喋らせておくといつまで喋りつづけるかわからないので、唐津は水をさすつもりで、

「真知子さんは、どうしてそんなに急いでいたんでしょうね」

と、訊ねてみた。回答を期待したわけではなかったのだが、

「お友だちと約束があったらしいんだけど……」

と、女性が返事をよこしてきた。

「え？」

「学校のお友だち。さっきそこで声をかけられたのよ。『事故のことご存じですか?』って、訊いてきたの。で、『知ってるわよ。真知子さんていう中学一年の子が車にひかれたの』って教えてあげたら、その女の子、『やっぱりコマチだ!』って、いきなり泣きだしちゃって」

話しながら、女性まで泣き顔になる。ネギで目を拭かなければいいが。

「コマチだなんて、かわいいあだ名よね。なんでもそのお友だち、真知子さんと同じ部活に入ってて、今日の練習が急に中止になったから、近所のクレープ屋さんにいく約束をしてたんですって。四時に中学校の門のところで待ち合わせてたそうなの」

早口を、桂木巡査が必死で手帳におさめている。

「それなのに時間を過ぎてもこないから、痺れを切らして団地まで迎えにきたらしいのよね。ふたりとも、携帯電話はもってないんですって。その途中で事故のことを耳にして、もしかして真知子さんじゃないかって……でも不思議でしょう? 団地からみたら、交差点と中学校は真逆の方向じゃない。約束をすっぽかして、いったいどこにいこうとしてたのかしら?」

平朱美の件を知らない彼女には不思議でも、唐津らには〈真知子は駅に向かっていたのではないか〉という仮説がある。

話を聞いていて気になったのは、べつの点だった。

地図アプリによれば、団地から中学校までは徒歩で十五分ほどかかる。待ち合わせに間に合うためには、真知子は遅くとも十五時四十分頃には帰宅していなければならないだろう。三沢加奈子による一一九番通報は十六時五分に入っている。

帰宅した真知子が倒れている母親を発見したと仮定した場合、真知子は二十分ものあいだ、呼びかける以外なにもしなかったことになってしまう。そう考えると、異変が母親を襲ったのは真知子の帰宅後だったと仮定するのが、自然なように思えるのだ。唐津はそんな推測を巡らせると同時に、視線もまた巡らせ、

「友だちの女の子は、もう……」

と訊ねた。女性は、

「ああ……もうみあたらないわねえ……」

そういってから、

「あ、でも、あそこに立ってる男の人。あの人も、その女の子と話してたわよ。なんでも下校中の真知子さんをみかけたとかで、そのときの様子を……」

と、公園の向こうの道に立っている男性をネギでさした。

住宅街を東西にはしる二本の道は、元町団地の西側の細い道でつながっている。〈工〉の字で説明すれば、縦の棒が細い道にあたり、その右側が団地の敷地、左側が児童公園だ。

上の横棒を右、つまり東に進むと、平真知子が事故に遭った交差点にいきつく。車両一方通行の道路で、交差点からこの道に入ってくることはできても、でていくことはできない。平朱美を搬送した救急車は、サイレンを鳴らして例外的に逆走し、交差点から元町東通りにでた。下の横棒は一方通行ではないが、団地南門の前で水道管工事がおこなわれており、交通がやや滞(とどこお)っている。平朱美の救助に向かった救急車が、この渋滞にはまって難儀したという話も交通課員から聞いていた。ちなみに真知子の通う中学校の正門は、この南通りの西の突き当りにある。つまりこの通りが、彼女の通学路ということだ。

ネギでさされた男性は、その通学路――下の横棒の公園沿いの路上――に立っていた。ふたりの刑事は女性に礼をいい、彼に近づく。

「すみません、帰宅途中の平真知子さんをみかけたと聞いたんですが、お話をうかがってもよろしいですか。われわれ警察の者でして……」

「ええ。みましたよ」

緑のカーディガンに灰色のスラックス。白髪高齢の男性だった。

「真知子さんとは顔見知りで?」

「小学生の頃は町内会の催しにきててね。最近は雰囲気が変わっちゃって、すれちがっても、お互い会釈(えしゃく)程度だったけど」

そういう男性は、少し寂しげだ。

「真知子さんをみかけたのは、この路上で？」

「うん。犬の散歩にでたとき……あ、家がすぐそこなんだけど……真知子ちゃんが、ひとりで公園にいるのに気づいたんだよね」

「公園に、ですか。何時頃か憶えていたりは……」

「散歩にでたのが十五時半。これはもう、毎日の決まりみたいなものだから間違いないよ」

「真知子さんは、公園で遊んでいた？」

「遊んでいたといえば、そうなんだろうねえ。石を投げてたよ」

石？

「昨日の雨でできたんだけど、ほら、大きな水たまりがあるでしょう」

よほど水はけが悪いのか、公園の真ん中に巨大な水たまりができていた。

「あそこに延々石を投げてたよ。池や湖に投げるっていうならわかるけど……石切りとかっていう、石を水面で跳ねさせる遊びがあるじゃない？　でも、いくら大きくたって水たまりだからねえ。変わったことしてるなって思ったよ」

桂木巡査をみる。彼女は「わかりません」というように首を傾げた。

「真知子さんは、ひとりでいたとおっしゃいましたね」

「うん。そのときはね」

「というと？」

「散歩から戻ってきたら、男の人が近くにいたよ。少なくともこのあたりに住んでる人じゃなかったな。三十代かそこら……はっきり顔をみたわけじゃないから、なんとなくの印象だけど」

「その男性と、やはり石投げを？」

「いやいや、もう石は投げてなかった。なんだかわかんないけど、ススキをみてたよ」

公園のなかに、ススキが小規模に群生する一角があった。

「ふたりでしゃがんでね。そのうち、真知子ちゃんが急に立ちあがって、公園から駆けでてきたんだよ。で、団地のほうへ一直線。そのまま工事現場の隙間をぬって南門から入っていった。危ないなあって思って、みてたんだ」

「それは何時頃かわかりますか」

「うん。十六時ちょっと前だね。これも習慣だから、まず数分とちがわないよ」

唐津は内心「おやおや」と呟（つぶや）いた。それでは、真知子の帰宅は十六時よりもっとはやかったという仮説が、成り立たないことになる。

そのうえ、友人との待ち合わせの時間が迫っている状況において、どうして公園で石など投げていたのか？　ススキをみていた男性は何者なのか？　という、新たな疑問までもちあがってしまった。

「見知らぬ男性は、真知子さんを追いかけたりは……」

「追いかけてって感じでもなかったけど、でも、あとから同じ方向に歩いていったことは間違いないよ」

「その男性に話しかけたりは……？」

「いや、しなかった。たしかに気にはなったんだけどさ、スティーリー・ダンが『もう帰る』って急かすから」

「スティーリー・ダン？」

「うちの犬」

「ああ……いい名前ですね。男性の特徴で、なにか憶えていることはありますか？」

「特徴ったって……そうだねえ。あ、ちょうどああいう服装してたよ。リュックも似たのを背負ってたなあ。あんなふうにちょっと猫背でね。髪形も背丈もそっくり……いや、ありゃ当人だ。ほら、あそこに突っ立ってる男の人がそうだよ」

いつの間にあらわれたのだろう、公園の大きな水たまりのそばに、こちらに背を向けて、男がひとり佇んでいる。

男は魞沢泉と名乗った。吉良市の人間ではなく、「趣味の昆虫採集の帰りに、たまたまこのあたりに立ち寄っただけ」だと説明した。刑事が先入観を抱くのはまずいことだが、いきなり怪しい。桂木巡査もそう思ったようで、魞沢へとそそぐ視線が、少女を狙う変質者をみる目だ。

生活安全課に恩を売る気でいるのかもしれない。

「たまたまではなく、なにか目的があって立ち寄ったのではありませんか?」

桂木巡査が手帳を開き、率先して質問する。

「じつはこのあたりに、女子中高生に人気のクレープ屋さんがあると聞きまして」

「女子中高生にご興味が?」

「どちらかといえばクレープのほうに」

「とはいえ、若い女性への関心も少なからずあったのではありませんか? あなたが中学一年生の女子と一緒にいたのを目撃した人がいるんです。クレープを買いにきただけのあなたが、なぜこの公園に?」

「店と駅のあいだにあったもので」

「理由になっているようで、なっていませんね」

「……すみません。たしかにあの子には興味を抱きました」

おやおや……もう少しがんばるかと思ったが、案外あっさり観念したようだ。桂木巡査のペンをもつ指先に力が入るのがわかった。

「詳しく聞かせてください」

「彼女は、水たまりに向かって石を投げつづけていました」

「ひとり寂しそうに遊んでいる女の子を選び、声をかけた?」

巡査の声が一段ときつい。平真知子に関する情報収集のはずが、もはや不審者への職質だ。

「ただ石を投げているだけなら声はかけません。気になったのは、水たまりの上に、たくさんのトンボが飛んでいたからです」

「トンボ?」

「だからぼくは彼女に近づき、『石を投げるとトンボが驚くからやめてはどうか』と、話しかけたんです。虫好きとして、黙っていられませんでした」

「……」

「すると彼女から驚くべき回答がありました。『トンボを驚かせるために石を投げているんだから、それでいい』というのです。そしてぼくに一瞥をくれると、むきになって矢のような投石をつづけました。刑事さん、これについてどう思いますか?」

「あの、ほんとうのことをおっしゃっていますか? 態度によっては公務執行妨害で……」

前のめりになる部下を唐津は「まあまあ」と制し、

「その女の子は、どうしてトンボを驚かせたかったんですかね」

と、魞沢の話に乗るかたちで聴取を引きとった。とりあえずは好きに喋らせてみる。

「ぼくもそれが不思議で訊ねてみたわけです。その結果、あらためて驚かされることになりました。なんと彼女は、トンボの命を守るためにトンボに石を投げていたのです」

「ほう……どういうことです?」

そう問う唐津の横で、桂木巡査は呆れ顔だ。

「水たまりの上のトンボたちは、産卵飛行の最中だったんです。ほら、あんなふうに」

魞沢の指さす先に、縦につながって水面ギリギリを飛翔しているトンボのつがいがいた。うしろにいるのが雌なのだろう。ときおり腹部の先端を打ちつけるようにして水に触れさせている。

「あのトンボはアキアカネといって——いわゆる赤トンボですね——浅い水に産卵します。卵は冬を越え、春を待って孵化し、ヤゴが誕生します。しかし、公園の水たまりはすぐに干あがってしまいますから、産み落とされた卵は死ぬだけです。真知子さんは、そんな場所に産卵しないよう、トンボに向かって石を投げつづけていたわけです」

「ちょっと待って。いま真知子さんといいましたね？　なぜその名前を」

「それはコマチグモのことを話したときに……いや、順を追って説明しましょう。ぼくはトンボに対する彼女の考えを聞き、思うところはありましたが、結局『やさしいんですね』と、あたりさわりのない感想を述べました。真知子さんはその感想が不満だったらしく、『身勝手なトンボが許せないだけ』だと、ぼくを睨みました」

魞沢が頭をかく。

「虫好きとしては、トンボの親たちの肩も、もってあげたいところです。しかしぼくは、あえて彼女を刺激することもなかろうと、トンボについてはそれ以上触れないことにしました。かわりに、ちがった習性をもつ虫がいることを知ってもらおうと、あるクモを紹介することにしたんです。……刑事さん、こっちにきてもらえますか？」

鮎沢は公園の隅に群れるススキに近づいた。唐津らもついていく。

「ここをみてください」

「……葉っぱがどうかしましたか？」

「なにか気づきませんか」

「なにかって……ああ、葉っぱが巻いてる」

唐津はちまきを連想した。

「そう。これは、コマチグモの一種であるカバキコマチグモが、巣づくりのために巻いた葉です。とくにめずらしくもない毒グモですが……」

「毒があるんですか？」

それなのに鮎沢は、平気な顔で葉に指を触れようとしている。

「ご安心ください。この巣は大丈夫です」

彼が葉をひろげると、なかには糸くずのような塊（かたまり）があるだけで、クモ自体の姿はみえなかった。

「空（から）っぽだ」

「その糸を、よくみてください」

いわれて目をこらすと、小さな黒い牙のようなものが引っかかっている。

「なにかの虫……クモの食べ残しでしょう？」

「いかにもクモの食べ残しですが、その食べ残しがクモでもあります」

「禅問答のようなことをいいますね」

「そんなつもりはありません。それは、子グモに食べられた母グモの残骸なんです」

「えっ」

桂木巡査が顔を引き攣らせた。

「カバキコマチグモの母親は、子グモに食物として自らの身体を提供し、絶命します。子グモたちは母親を食べ尽くしたのち、ちまき状の巣から散り散りに旅立っていくのです」

「それはまた……」

凄絶な最期だ。

「彼女が名前を教えてくれたのは、このクモの話をしたときでした。古文の授業で小野小町がでてきたのがきっかけで、それまで『マチコ』と呼ばれていたのが、『コマチ』というあだ名になったのだということも」

「紹介した甲斐があったじゃないですか。自分のあだ名に重ねるほど、奇妙な毒グモのなにがそんなに気に入ったのかは、ちょっと理解できませんが」

しかし魞沢は浮かぬ顔だ。

「彼女が重ね合わせたのは、クモだけではなかったようです」

「どういう意味です」

「真知子さんは、交通事故に遭ったそうですね」

知っていたのか。

「ええ、病院で治療中です」

「彼女の母親も、病院に搬送されたとか」

「なぜそれを……」

そう口にしたときだった。もうひとつ、重なる名前があることに気がついた。

平朱美。朱——赤——赤トンボ——。

すっと胸が冷たくなった。

——ここ最近、二〇一号室の母娘の仲は、あまりよくなかったようです。

真知子が石を投げていた相手はトンボではなかった?

——しょっちゅう喧嘩の声が漏れ聞こえていたと。

トンボに重ね合わせた母親だった?

——身勝手なトンボが許せないだけ。

真知子は朱美が許せなかった?

真知子——コマチ——コマチグモ——。

子グモによる母グモ殺し。

「でも変じゃないですか」

閉じかけた唐津の思考の輪のなかに、桂木巡査の声が飛び込んできた。

「真知子さんは友人との待ち合わせがあって、とても急いでいたはずなんです。それなのに、初対面のあなたと、のんびりクモの観察を？　俄かには信じかねるお話です」

「待ち合わせ……なるほど、それでわかりました。だから真知子さんは、急いでいたんですね」

「なんですって？」

「彼女はしきりに時間を気にしていました。公園の時計を何度もみては、そのたびに団地のほうを眺め……」

「だったら、なおさらおかしいじゃないですか。ほんとうは、あなたが彼女を無理に引きとめていたのでは？」

「真知子さんは、帰りたくても帰れなかったんです。だから仕方なく、団地がみえるこの公園で待っていた。焦りと苛立ちから、トンボに向かって石を投げながら……」

「あなたは一度公園を立ち去ったあとで、またここに戻ってきたんですよね。どうしてですか」

「救急車のサイレンを聞いて、胸騒ぎがしたんです。事故について訊いて回り、被害者が真知子さんらしいことを知りました。そしてもうひとつ、真知子さんの母親もまた、救急搬送されたらしいことを」

「こたえになっていませんよ」

「ちょっと待て。鯱沢さん、ひとついいですか」

唐津が部下と鯱沢の噛み合わない会話を断ち切る。

「彼女は帰りたくても帰れなかった……そうおっしゃいましたが、あなたはその理由を、本人から聞いたということですか？」

「いえ」

「たんなる臆測だと？」

「ええ」

「さっきこうもいいましたね。『仕方なく、団地がみえるこの公園で待っていた』と。それもただの推測ですか」

「はい」

「いったいなにを待っていたと思うんです？」

鯱沢が、団地へ目をやった。つられて唐津もみる。

四号棟のベランダがみえた。色とりどりの洗濯物と、プランター。

しかし二〇一号室のベランダにはなにもない。窓にはカーテンが引かれ、室内への視線の侵入を防いでいた。カーテン……午後四時に、平朱美はもうカーテンを？

ベランダの下には駐車場。来客用のスペースに、自分たちが乗ってきた車もみえる。

そのとき、一台のセダンがゆっくりと動きだし、クラクションをひとつ鳴らした。それに応じて、四階の窓から手を振る人がいる。

「車……待つ……」

「主任？」

はっとして鯱沢をみると、視線がぶつかった。

真知子はコマチグモに自分を重ねていた。だがそれは……。

先に口を開いたのは鯱沢だった。

「真知子さんを車に飛び込ませたのは、ぼくなのかもしれません」

彼はいった。

「そのことを確かめなければいけないと思い、ここに戻ってきたんです。それなのに、どうやって確かめたらいいのか、ぼくにはそれがわからなくて」

唐津は団地へと駆けた。日没を過ぎても水道管工事はまだつづいていた。その脇をすり抜け南門から敷地に入る。耳にあてたスマホから、公園で待機させている桂木巡査の質問が飛んできた。

『主任、いったいなにをするつもりか、そろそろ教えてもらえませんか』

「桂木巡査、いまからきみは平真知子だ。俺はこれから駐車場へ移動し、車を動かす。それを確認したら、きみはそこから走るんだ。南門から団地に入って二〇一号室に向かってくれ。友人との待ち合わせに遅れているつもりで本気で……中学一年生の本気程度で頼む」

『中学一年の本気って、そんなのわたし……』

「ほんとうは部屋に入ってもらいたいところだが、令状がないのでドアの前で二分……いや、三分にしておこうか、待機してほしい。三分経ったら四号棟をでて、北門から敷地を抜け、そのまま事故のあった交差点まで走ってくれ」

『あの……これはいったい』

「先に解説して手心が加わるとまずい。悪いがここまでだ。しっかりやってくれよ」

巡査はまだなにか喋っていたが、唐津は通話を切った。一度、桂木巡査の目が届かない四号棟の陰に入って立ちどまる。シチューの匂い。魚を焼く匂い。たくさんの家の、たくさんの夕暮れ。どこかでカラスの集団が、けたたましい叫びをあげた。やがて羽ばたきが頭上をとおりすぎ、唐津はあらためて駐車場へと歩きだした。車に乗り、エンジンをかけ、ライトをつけてシートベルトを締め、ゆっくりとアクセルを踏む。走りだした桂木巡査がみえた。

北門をでてハンドルを左に切る。右から左への一方通行。数十メートル進んでふたたび左折、公園と団地のあいだの細い道に入る。桂木巡査はもうみえない。

突き当りのT字路をまた左折し、南側の通りに入ろうとするが、いまだ工事のせいで渋滞があり、すぐには曲がれない。部活帰りの中高生の迎えや、塾への送りで、ちょうど混み合う時間帯だった。真知子の帰宅時は、部活のない生徒の下校時間にあたる。救急隊のエピソードを聞くに、やはり同じように混み合っていたのではないだろうか。ウインカーをだしながら待つ。なんとか割り込み、工事で道幅の狭くなった範囲を、交互に譲り合いながら徐行で通過する。直進し交差点に辿(たど)りつくが信号につかまった。交差する元町東通り側が優先で、こちらの赤信号が比較的長い。急行中ではないので、もちろん青を待って左折し、北上する。速度標識は五十キロ。ギリギリのスピードに調整する。

やがて、事故の起きた交差点が近づいてきた。アクセルとブレーキ、どちらに足を置くべきか、迷いが生まれる。

(そう上手くはいかないか――)

アクセルを踏んでやりすごそうとしたとき、左から桂木巡査の姿が視界に飛び込んできた。こちらをみて、「あっ」という顔をする。

思わずブレーキに足がかかったが、バックミラーに後方の車が迫っていた。徐々に速度を落としてハザードをつけ、数十メートル先で路肩に寄せる。サイドミラーを覗くと、肩で息をしながら巡査が追いかけてきていた。助手席の窓を開け、

「上出来だ。ちょっと出来すぎだがな」

と告げる。

「交通課に協力を頼もう」

「な……はあ……なんの協力……はあ……ですか」

「逮捕されたドライバーに確認するんだ。交通事故を起こす直前まで、あなたは元町団地の四号棟にいたのではないか、と」

桂木巡査はなにかいいたそうだったが、息が切れて言葉にならなかった。

＊

「真知子さんが帰宅する直前まで、二〇一号室には男性がいた。そういうことですか」

スポーツドリンクを飲み干してやっと、桂木巡査の息がととのった。

「平朱美は独身だ。恋愛だってするだろう」

だが、十三歳の娘が、それを受け入れることができるかはべつの話だ。その年頃の子どもの多くにとって、親というのは親としてだけ存在してほしいものだ。自分の知らない母親がいる──母親ではない母親がいる──それは真知子に、まるでそのあいだ、自分が捨てられているような感覚をもたらしたのではないだろうか。身勝手なトンボに産み捨てられた卵に、思わず心を寄せてしまうような感傷を。

「真知子さんは母親の交際相手について、どのくらい知っていたのでしょう」

平日の昼間、外回りの営業の合間に逢瀬を済ませるような関係は、うしろ暗いものを感じさせる。意識を失った朱美をその場に残し、通報もせず逃げたのだとすれば、少なくとも男にとっては知られたくない、知られてはならない関係だった可能性が高い。であれば娘と顔見知りだったとは考えにくい。

だが、真知子は男の存在を知っていた。母親の些細な変化がきっかけだったのかもしれないし、団地の階段の窓越しに、自分の家からでてきた男をみてしまったということだって、あり得るだろう。そのとき男が運転する車を、じっと見送ったのかもしれない。そう、たとえば今日のように、部活が急に中止になって、いつもよりはやく帰ってきた日に……。

駐車場の車をみて、真知子は男の来訪に気づいた。カーテンの閉じられた家に、だから帰ることができなかった。真知子は待った。男の車が団地からでていくのを。

「帰宅して倒れている母親を発見し、その原因が男性にあると考えた真知子さんは、彼の車を追いかけるため部屋をでていった」

意識のない母親に呼びかけている最中、三沢加奈子が部屋に入ってきた。その行動を主任は、わたしに再現させた。

――大丈夫よ、おばさんに任せて。

――ほら、しっかりしてちょうだい！

その励ましに真知子は、自分にできることがあると気づく。自分にしかできないことがあると気づく。彼女は部屋を飛びだした。北門を抜け元町東通りを目指し駆けた。

ふだんであれば間に合うはずがなかった。

しかし工事のせいで、男の車は遠回りを余儀なくされていた。北側の道から元町東通りに直接抜けることはできない。どんなに急いでいたとしても、取り締まりの多い一方通行を逆走する危険は冒せない。やむなく細い道を迂回して南側の道に向かったが、そこでは渋滞が起きていた。

だから真知子は間に合ってしまった。

ネギの女性は、自分がみた場面の解釈を誤っていた。真知子は車に驚いて身体が竦んでしまったのではない。自らの意思で、車の前に立ちはだかったのだ。

――真知子さんを車に飛び込ませたのは、ぼくなのかもしれません。

鮎沢が伝えたコマチグモの習性。真知子には、自らを犠牲に子グモを育てる母グモこそが、あるべき親の姿に思えた。少女は子グモのように母親の愛情を独占したかった。母親に、自分だけをみていてほしかった。

そんな十三歳の切なる願いが、意識のない母を前にして、もうひとつのあるべき姿を映しだした。母のために命をかけられる存在もまた、自分ひとりだけなのだ――と。

真知子は駆けた。母を傷つけた相手を逃がすまいとして。少女が最後に自分を重ね合わせたもの、それは母の命を奪う子グモではなく、子グモのために身を投げだす母グモのほうだった。

……たしかに、そういう解釈もできる。

べつに鮎沢を慰めるつもりがあるわけではない。ただ、たとえコマチグモのことを知らなかったとしても、真知子はきっと、同じ行動をとっただろうと思うのだ。

人は、誰にも誉められないようなことをするとき、そこにほんとうの姿をあらわす。

少女には、まっすぐな烈しさがあった。ただただ、男を逃がしてはならないという一心だった。きっと、それだけなのだ。

唐津は、まだ顔も知らぬ少女が隠しもっていた烈しさを、想像してみる。

電話が鳴った。刑事課長からだった。逮捕されたドライバーが、二〇一号室にいたことを供述しはじめたとの連絡だった。ただし、あくまで仕事上の訪問であり、平朱美との個人的な関係や、彼女が倒れていたことへの関与は、否定しているという。

通話を切ると、今度は桂木巡査に着信があった。

「はい、桂木です……ええ、課長と話し中だったので、それでつながらなかったのだと……はい、ええ……そうですか。あの、このままちょっと待ってもらえますか」

通話を保留し、こちらを向く。

「主任、病院から署のほうに連絡があり、意識が戻ったそうです」

「母親か？　それとも娘か？」

「朱美さんと真知子さん、どちらもです」

安堵を飲み込み、唐津は眉間に皺を寄せる。

「だったら最初から、そう伝えてくれ。何度もいうが、報告は迅速かつ正確にだ」

「失礼しました」

電話を耳に戻す直前、桂木巡査が小さく笑ったように思えたが、それは唐津の気のせいだったかもしれない。

彼方(かなた)の甲虫(こうちゅう)

「魞沢くん！」

呼びかけると、魞沢が見当ちがいの方向に視線をさまよわせながら「はい！」と大きな返事をした。駅舎のドーム型の天井のせいで、声がおかしな具合に反響しているのだろうか。そういえば、はじめて出会ったときもこんなふうだったなと思いだす。きょろきょろと周囲を見回すたび、彼の撫で肩からバッグがずり落ちて不憫である。

「どこみてんの！　こっちよ、こっち」

「あ、丸江ちゃん」

バッグを肩にかけるのをあきらめ、抱えて改札を抜けてくる。右手を小さく振りながら駆け寄ってきた魞沢を、瀬能丸江は腕をYの字にひろげて迎えた。

「ハグでいいわよね？」

魞沢も腕をひろげ、バッグがふたりのあいだの足もとに落ちた。

「まったく、相変わらずとぼけてるわね！」

「丸江ちゃんも相変わらずお元気そう……いや、少し疲れた顔をしてますかね」

「ちょっと寝不足。そういうあなたも目が開いてないわよ」

「ぼくの場合は寝過ぎです。電車が五分遅れてなかったら次の駅までいくところでした」

「お昼は？」

「車内で」

「今日はリュックじゃないけど、虫採りグッズはもってきたの？」

「趣味は封印です。丸江ちゃんに付き合ってあげないといけませんから」

「あら、まるでそっちがホストみたいないいかたじゃない。減らず口はいいから、さっさと荷物よこしなさい。車、すぐそこにとめてあるから」

「ああ、あのネズミ色の」

「シルバーだってば」

丸江の愛車でペンションに向け出発する。

「こうやって助手席に乗ると、あのときのことを思いだしますねえ」

「あんまり細かく思いだしたくないけどね」

いまから二年前。二〇一六年の初夏に起きたある事件で、出会ったばかりのふたりは、ひょんなことから犯人の追跡劇を演じたのだった。

「それにしても、丸江ちゃんがペンションをはじめたと聞いたときは驚きました」

丸江は鮲沢に対し、強制的に自分を「丸江ちゃん」と呼ばせている。二十も年下の男性に〈ちゃんづけ〉で呼ばれるというのも、たまには悪くない。

「あら、向いてないかしら?」

「サービス精神が旺盛すぎて儲けがないんじゃないかと」

「さすが鋭いわね。夫の保険金も底をついたわ」

「……やっぱり少しお支払いしましょうか? 交通費まで負担していただくというのはさすがに……」

奥羽山脈の北部に位置する標高千百十五メートルのアマクナイ岳。その西側の山麓にひろがるクネト湿原は、四季折々に鮮やかな自然と、沼地から発掘された東北アイヌ文化の遺物によって注目を集め、近年あらたな賑わいをみせている。

丸江は夫の七回忌を済ませた昨年、ひとり暮らしにはひろすぎる家を売り、隣町から、湿原のある久根戸村に移り住んだ。以前より、景観保護や無料観光ガイドといった活動に関わっていた彼女は、思いきって湿原のそばに自宅と棟つづきのペンションをオープンさせた。

繁忙期の八月が終わり、九月半ばの三連休を皮切りに秋の行楽シーズンがはじまるまでの谷間の時期、丸江は鮲沢を宿に招待した。

「冗談よ、冗談。お金がないのはあなたのほうでしょ? 昆虫採集で遠征ばっかりして」

「はっはっは」

笑ってごまかすのが、この男の悪いクセだ。

「クネト湿原はすっかり有名になりましたね」

さらりと話を変える。

「人が訪れるのは嬉しいことだけど、そのためにやたら看板が増えたのはちょっとね。マナーを守らない観光客は必ずいるものだから、仕方ないんだけど。あなたみたいに、虫を追っかけるのに夢中になって危険な場所に立ち入ってみたりね」

「気をつけます」

「嘘おっしゃい」

自然を次代に残すには、人間がそこに介入しないことが結局いちばんだろう。手をだしてしまったのなら、だしつづけなくてはならない。家畜化された動物が人の手を離れて容易に生きられないように、つくりかえられた庭もすぐには森に戻れない。

景観の維持には資金が必要だ。多くの人にお金を落としてもらう必要がある。しかし観光客が増えるほど自然は傷（いた）み、その修復にさらなる予算が必要となる。景観保護の活動に関わるいっぽうで経営者となった丸江は、ジレンマを感じることが増えた。

車は緩やかな坂をのぼりつづける。山麓とはいえ、クネト湿原は標高四百メートルの地域にあった。窓から入る風が、徐々に冷たい湿気を帯びる。

「冬もお客さん、くるんですか？」

鯱沢は引きつづき経営を案じていた。

「雪質がいいって、海外からのスキー客が増えてるのよ。そうそう、今日は鯱沢くんのほかに、もうひとり予約が入ってて……」

「というと、海外のかた?」

「なんと、中東の人」

名前を、アサル・ワグディといった。

「日本の大学院に五年間いて、学位をとってもうじき帰国するんですって。最後に記念の旅行で、うちには二泊の予定」

「なんの勉強をしてたんでしょうね」

「専門は考古学で、その関係からクネト湿原に興味をもったみたい。最近アイヌ文化以前の遺跡もみつかって、一段と盛りあがってるから」

「さすが丸江ちゃん。ペンションオープンは〈機をみるに敏(びん)〉というやつですね」

「でも海外のお客さんって、ときどきたいへんなのよ。チェックアウト後に、クレームの電話やメールがくることも度々で。腕時計が壊れてたとか、宝石が傷ついているとか……まるで、うちに泊まったせいでそうなったみたいに……腕時計なんて、どうやってこっちが壊すのよって話」

「それでも大切なお客さまです」

「ええ。もちろんよ」

「儲けていただかないと、ぼくが遊びにこられません」

「なにいってるの。招待は今回だけ」

鯱沢が「あはは」と笑ってごまかした。


駅からペンションまで十五分。車を降りたところへ、佐伯(さえき)が外に迎えにでてきた。八月の夏休み期間に雇用していた学生アルバイトで、今日は急遽(きゅうきょ)、手伝いにきてもらった。客が二名なら丸江ひとりでも対応できるのだが、それだと鯱沢との時間をつくる余裕がない。佐伯の自宅は隣接する市内にあり、ここから車で三十分ほど。大学の試験の時期らしいが、頼みを快く引き受けてくれた。

「いらっしゃいませ。お待ちしてました」

佐伯には鯱沢のことを「大事なお客さま」とだけ伝えていた。彼はどこか値踏みするような視線を、鯱沢の全身にはしらせた。描いていたイメージと、目の前の男のぼんやりとした雰囲気が重ならなかったようだ。

鯱沢はといえば、そんな視線に気づく様子もなく、二階建てのペンションを口を開けてみあげていた。

「すてきな宿ですねえ。もっとファンシーな建物かと思ってました」

「パステルカラーの?」

「ええ。ミントグリーンの」

「いつの時代よ。公園整備で伐採した木を材料に建ててもらったの」

紅殻色に塗られた外壁に、ドアと窓枠の白さが映える。なだらかなスロープを備えたウッドテラスだけは木材そのものの色を残していた。

鮎沢が、ドアに貼りつけられたプレートをみながら、

「ほほう。ペンション〈クンネ・トー〉ですか……クネトの由来となったアイヌ語で、たしか〈黒い沼〉の意味でしたね」

「あら、よく憶えてるじゃない」

「……黒沼荘」

「不気味な感じに翻訳しないで」

「さあさあ、とりあえず入ってひと休みしてください」

佐伯が苦笑しながら鮎沢のバッグを手にドアを開け、こぢんまりしたロビーに案内する。それだけのことでいたく恐縮している鮎沢が不憫だ。

「あ、佐伯くん。カードへの記入は省略してオッケーだから、部屋に荷物を運んでおいて」

客室は三部屋で、すべて二階にあった。

「鮎沢くん、電車でじゅうぶん寝たから元気よね。ちょっとアクティビティしましょう」

「仰せのままに」

「佐伯くーん、そういえばワグディさん、まだついてないの?」

階段の上へ呼びかける。

「いえ、もうチェックインしてます。オーナーが出発して五分も経たないうちにいらっしゃって、またすぐ車ででかけました。夕食の件、確認しておきましたよ」

「どうだって?」

「予約時のメールのとおり、食べられないものはないそうです」

「そう。だったら安心して高原豚の料理にしましょう」

下拵えを佐伯に任せ、丸江の車もまたすぐに宿を出発する。少し離れた渓流が目的地だった。

「ゴムボートで急流くだりが楽しめるの」

「急流くだ……こ、怖くないですか?」

「けっこう怖いってさ」

鮲沢の表情に暗雲がかかる。丸江は「ひひひ」と笑った。

「でも、すごくおもしろいって。だからうちに泊まるお客さんには、予約のとき必ずお勧めすることにしてるの」

「で、陰で『ひひひ』と笑うわけですか」

「人を妖怪みたいにいわないでよ」

そんな会話を交わしながら、フロントガラスの向こうの暗い空をみあげる。

「あいにくの曇り空だけど、どうせ川で濡れるんだから、雨になっても平気よね」

この数日、太陽の位置もまともにわからない天気がつづいていた。空の色に、また二年前の事件を思いだす。

「あの日も曇天だったわね」

「でも最後には月がみえました」

車は林道に入った。

「そんなに時間……」

かからないから——そういいかけたときだった。パンと大きな音がして、砂利道でもないのに車が上下に揺れだした。鮲沢が「お・お・お」と声を弾ませる。

「うわあ……やっちゃったみたい」

車をとめて確認する。案の定パンクだ。左の前輪だった。トランクルームを開けてスペアタイヤとジャッキ、そして開けたことのない工具箱を眺める。ついでに鮲沢の顔もみる。

「やったこと……ないわよね」

鮲沢は車の免許をもっていない。丸江もタイヤ交換はディーラー任せだ。しかし、やらねば動けない。近くにガソリンスタンドなんかない。

鮲沢にタイヤをおろしてもらい、スマホで調べながらジャッキを適当な位置に置き、ふたりしてなんとか車をもちあげる。鯱沢がおぼつかない手つきでレンチをナットに嵌めた。

「おっ。簡単に動きますよ」

カリカリと軽快な音をたててレンチを動かしている。しかし、いくらやってもネジのゆるむ気配はない。

「ねえ、空回りしてない？」

途方に暮れてため息をつく。そのとき後方から赤い車がやってきた。車線を右にはみだし追い越すそぶりをみせたが、徐々に速度を落とし、丸江たちのすぐ前に停車した。

「どうしました？」

男性が窓から顔をだして訊ねてきた。日本語のアクセントに少し癖があった。鼻の高い端整な顔立ちで、美しい褐色の肌をしている。

「ああ、パンクですね」

青年はこちらの返事を待たずに合点して車を降りてきた。彼が近づくと、懐かしい匂いがした。丸江の父親に似た匂いだった。父親は鋳造の仕事をしていた。毎日のように溶鉄の熱にさらされ肌を焼いていた父親からは、独特のあたたかな匂いが漂ってきた。それを母親は、「太陽の匂いよ」と、丸江に教えたものだった。

「それ貸してもらえますか？　ああ、ラチェットの方向が逆です。はずすときはこっち」

彼は小さなツマミを動かしてから、ふたたびレンチをナットに嵌め、「こうするんですよ」

と、柄(え)を足で踏んづけるように蹴った。いっぺんにナットがゆるむ。作業は手際よく進み、いとも簡単にスペアタイヤがとりつけられた。

「ありがとう。とても助かりました」

「とんでもない。困ったときはお互いさまです」

「あの、なにかお礼を」

「それこそとんでもないことです！　ぼくは日本のかたにずいぶん親切にしてもらっています。こうやって少しずつでも恩返しをしないと。そうそう、スペアタイヤは長くもちませんから、できるだけはやく新しいものを」

　青年はそういって車に乗り込むと、窓からだした手をひらひらと振って走り去った。

　スタート地点の川岸につくられたロッジの前には、県外ナンバーの車が二台とまっていた。ロッジ内には受付のカウンター、自動販売機と数脚の椅子、それにトイレがあり、出発を待つあいだのラウンジとなっている。

カウンターには顔見知りの柿本(かきもと)が立っていた。

「ごめん！　遅くなっちゃった。まだ間に合う？」

　柿本も佐伯と同じく季節バイトの大学生だが、彼の場合は高速をとばしても二時間かかる県南からきていた。以前旅行で村を訪れ、そのときこの川でカヤックを体験し、はまってしまったのだという。話してみれば村民以上にクネト愛を感じさせる青年で、日中はここで働き、夜は村内の旅館に、いわば住み込みの形で勤めている。そのうえ少ない休日には、湿原のゴミ拾いといった景観保護活動にも参加していて、丸江はその際に彼と知り合い親しくなった。

「ぎりぎり大丈夫ですよ。シーズン最終日にやっときてくれましたね」

「え、最終日なんだ」

「ちなみに旅館のバイトのほうも、今日でおしまいです」

「そうなの？　お疲れさま。じゃあ、もう帰るのね」

「はい。ところで、そちらのかたは彼氏さんですか？」

彼氏といわれた鲄沢が「あうあ」といってうろたえる。自分は軽口ばかり叩くくせに、他人の冗談には弱いのだ。鲄沢の返事を待たず、柿本が注意事項を告げる。

「貴重品や濡れて困るものは、みんなここに置いていってください。脅しじゃなく転覆はつきものなんで。同意書にあるとおり、スマホが水没しても一切補償はありませんから」

だされたトレーに、丸江は財布やスマホを載せていった。

「ほかのみなさんは、もう移動してるんで」

急いでライフジャケットとヘルメットを装着し、乗り場に駆けていく。四名の同行者は二列になって、すでにボートに乗り込んでいた。丸江たちのうしろ、最後列に女性のインストラクターが座る。

「バランスを崩すと転覆することがありますので、腰を深く沈めた姿勢で、立ちあがったり身を乗りだしたりしないようお願いします。パドルはわたしが『漕いでください』といったときだけ、水に入れるようにしてください」

漕ぎかたを習う。魞沢は手の甲に青筋が浮くほどの力で柄を握りしめていた。

「では、出発します！」

インストラクターが、パドルで「どん」と、岸を突いた。


「いやあ……すごかったわね」

三十分、叫びつづけて声が嗄(か)れていた。

「あの岩場くぐり。転覆したら大ケガだと思って必死に漕いだわよ！　あとアレ、途中の渦潮(うずしお)みたいなの。よく脱出できたよねえ……って、ちょっと聞いてる？」

「……おえっ」

ゴール地点から戻るワゴンの車内、興奮した丸江がしきりに話しかけても、なぜかひとりだけ服がびしょびしょになった魞沢は、虚(うつ)ろな目で反応が鈍い。

ロッジについてもまだ水に浮かんでいるような、上下に揺れる感覚がつづいていた。自動販売機で缶コーヒーを買い、尻もちをつくように椅子に腰掛ける。魞沢はさっそくトイレに駆け込んでいった。

トイレからでてきた鱽沢を待ってカウンターに近づくと、柿本が貴重品のトレーをだしてきて並べた。すでに次の予約客が何人かきていて、そちらの手つづきも同時におこなっている。忙しいところ悪いかなと思いつつ、丸江は彼に声をかけた。

「柿本くん。帰りは今日中？」

「いや、今夜まで旅館のお世話になります。明日の朝、もう一回ここで遊んでから帰ろうと思ってて。やっぱりバイトしながらだと、自分のカヤックの時間、そんなにとれないんですよねえ」

そのとき、乗船のための同意書にサインをしていた次回の客のひとりが、丸江をみて「あっ」といった。

「あっ」

「あっ」

丸江と鱽沢もつづけて声をあげる。そこにいたのは、車のタイヤ交換をしてくれた青年だった。

「やだ、奇遇！」

丸江は思わず青年の肩を叩いていた。

「タイヤのほうは、あれからどうです？　落っこちたりしませんでしたか？」

「ばっちりよ」

「それはよかった」

青年が、にこりと笑う。なんと魅力的な笑顔だろう。そう感じて、ふと魞沢をみると、彼は青年の笑顔にではなく、青年の前に置かれたトレーのほうにじっと視線を向けていた。そしておもむろに口を開き、

「それはスカラベですね」

　といった。青年が、ちょっと驚いた顔をみせる。

「そのとおりです。よくご存じですね」

　そういって彼がトレーからとりあげたのは、銀色の装飾品だった。「スカラベってなに?」と、丸江は魞沢の耳に口を寄せて訊ねる。

「フンコロガシのことです」

「フンコロ……」

「ええ。動物の糞を逆立ちしながら転がして丸め、巣にもち帰る昆虫の俗名です」

　たしかにその装飾品は、カナブンに似た甲虫が後脚で丸いものをはさむデザインになっている。丸い部分――つまり糞だ――の大きさと虫の大きさはほぼ同じ。全体で掌におさまるくらいのサイズだった。鎖がついているので、ペンダントなのだろう。

「どうしてそんな虫をアクセサリーに?」

「古代中東に起こった文明では、聖なる虫として尊ばれたと聞きますが……」

�沢が口にした中東というワードを聞いて、青年の同意書のサインに目がいった。カタカナで〈アサル・ワグディ〉とある。

「……えっ！　ワグディさん？」

「はい、そうですが……」

「わたし、〈クンネ・トー〉の瀬能です。今日泊まっていただく……」

「ああ、ペンションのオーナーさんでしたか！　今日明日とお世話になります。どうぞ、アサルと呼んでください」

「じゃあ遠慮なく。アサル、こっちは魞沢くん。彼もペンションのお客さんなの」

紹介された魞沢が、「先ほどはたいへん助かりました」と、急にペコペコ頭をさげだして不憫である。アサルはこのときも「とんでもない」と微笑むばかりだった。

「これは、ぼくの宝物なんです」

アサルはそういってフンコロガシのペンダントを首にかけた。なるほど虫は彼の胸で逆立ちし、糞をもちあげる恰好になった。

「でも、なぜフンコロガシが聖なる虫なわけ？」

「かつて、ぼくの母国では、太陽こそが至高の神でした。丸い糞を転がすスカラベは、その太陽を運行する存在と考えられ、神聖視されたのです」

「球体の糞を、太陽という天体に見立てたってこと？　おもしろいわね」

そこに魞沢が、

「たいへん興味深いことに……」

と、嬉々とした表情で口をはさんできた。

「事実、フンコロガシの行動と天体に密接な関係があるということが、最近の研究で明らかになりつつあります」

「どういうこと？」

「フンコロガシは、糞をみつけた場所から自分の巣まで、ほぼまっすぐに帰ることができるといわれています。いったいなにを指標にしているのか？　研究者のあいだでは長年の疑問でした。これに対して近年、フンコロガシは昼には太陽を、夜には月や星の位置を基準に、進むべき方向を定めていることがわかってきたんです。天体の光を利用する特殊なコンパスを体内に宿しているのだと推測されています」

虫の話になり、魞沢はすっかり生気を取り戻していた。客でロッジがいっぱいになりつつあったため、アサルの乗船時刻まで三人は外で話すことにした。丸江は、最後にもう一度、柿本に声をかけた。

「また来年会える？」

「ええ、必ず戻ってきますよ。そういえば佐伯さん、今日ペンションにきてるんですよね？　よろしく伝えてください」

彼は同年代の佐伯とも親しいようだった。ふたりで遊びにでかけたこともあると聞く。

「了解。気をつけて帰ってね」

ロッジをでると、アサルと鯱沢はまだフンコロガシの話をつづけていた。

「ごく最近の知見ですからね。今後誤りが指摘される可能性もありますが……」

「いや、ぼくは信じますよ。祖先は、フンコロガシと天体との関わりを直感的に理解していたからこそ、太陽を運ぶ神だと考えたのでしょう。ちなみに、このペンダントのスカラベも、本物に負けない力を宿しています」

青年はそういって、長く美しい指を胸もとのフンコロガシに触れた。

「ふうん。アサルにとって、お守りのようなものなのね」

「お守り……ええ、そのとおりです。大学の友人たちが、帰国のはなむけに贈ってくれました。デザインから機能まで、特別に注文してつくってくれた、世界にひとつの品です。いつも正しい方向にぼくを導いてくれます。スマホよりよっぽど信頼がおけますよ」

冗談めかした調子でいう。

「そんなに？　すごいご加護ね」

「だからいったでしょう、宝物だと。故郷でも自慢できます」

故郷と聞いて、丸江はふと思いだしたことを訊ねた。

「そういえば食事の件だけどね。食べられないものがないってことは、アサルはムスリムではないってこと？」

中東の多くの国ではイスラム教が信仰されていると丸江は考えていた。信者であるムスリムは食事に対しても厳しい制限がある。

「はい。ぼくはイスラム教徒ではありません。ぼくの故郷はナイルの上流、アスワン・ハイ・ダムのさらに上流にあります。その村では、ナイルの近代的な水利開発……自然を完全に統制し支配下に置こうという傲慢（ごうまん）な政治に厭気（いやけ）がさした人々のなかから、古代の太陽神を崇拝する独自の思想が興りました。数十年かけてアレンジがほどこされ、いまではイスラム教にかわる信仰となっています」

こちらの理解を待つように間をとって、アサルはさらにつづける。

「イスラム教の影響は色濃いですが、ぼくらは豚肉を食べますし、ラマダーンに断食する義務をもちません。暴力的な意味におけるジハードの思想を棄（す）て、最大の罪悪はいかなる理由であれ他人を傷つけることです。次に悪いのは自分を傷つけること。お祈りを欠かすことが、それにつづきます。お祈りは日課ですが、五回もおこなう必要はありません。日没後に一度だけ、東の方角に向かって祈ります」

「だったら日が沈んでいった西を向くほうがいいんじゃない？　だいたい、日が暮れてから太陽の神さまに祈るなんて不思議」

「明日もまた日が昇りますようにと、日の出の方角に願うんです」

「ふうん」

そんなこと、わざわざ祈る必要あるかしら？……そう思ったのがつい顔にでてしまったのか、アサルはこんな註釈を添えた。

「たしかに願わなくても明日はやってくるでしょう。でも、明日がくることと、ぼくに明日があることは、同じではないのです」

翌朝、ペンションの部屋から姿を消したアサル・ワグディが、湿地帯の丘陵地で遺体となって発見されたと知ったとき、丸江はその言葉を、彼の真剣な眼差しとともに、思いだすことになるのだった。

＊

朝食の時間である午前八時を過ぎてもアサルが食堂にあらわれない。そのときになって、彼の赤い車が駐車場にないことに丸江は気づいた。

「もしかしてアサル、でかけてる？」

「あれ、知らなかったんですか」

コンロの前に立つ佐伯が、ホットサンドの色づきを注意深く確かめながらいう。

「え？　佐伯くん知ってた？」

「ぼくが六時にきたときには、もう車なかったんで」

「ええ？」

「すみません。てっきりオーナーは、わかってるものだと」

「そういえば五時半頃に、車がでていく音を聞きましたよ」

鯱沢が神妙な顔でヨーグルトにメープルシロップをかけながら、話に割り込んできた。頭のてっぺん近くに、クワガタムシのハサミのような豪快な寝癖をつくっている。

「三十分くらい経って、また車の音がしたので戻ってきたと思ったんですが、あとのほうは出勤してきた佐伯さんだったんですね」

「鯱沢くん、そんなにはやく起きてたの？　まだ寝ぼけてたんじゃない？」

「枕が変わると眠りが浅いんです。日の出と同時に目が覚めました」

クワガタムシがメープルシロップを舐めながらいう。

「なに、繊細アピール？」

「いえ。カーテンを閉め忘れて、直射日光をまともに顔に浴びました」

三部屋ある客室の窓は、どれも東側に面している。昨日の曇天と打って変わり、今朝は久しぶりに太陽が顔をみせていた。

「もしかして逃げたとか？」

「佐伯くん、なんてことというの。それにうちは事前決済なんだから逃げたところで……」

窘めはしたものの、少し不安になる。部屋を確かめにいきたい衝動に駆られた。

「とにかく、はやく帰ってきてもらわなくちゃ。朝ご飯が冷めちゃう」

丸江はアサルのスマホに電話をかけた。三回のコール音があって、

『はい』

と応答の声。でたでた……口の動きだけで佐伯にそう伝える。

「アサル、いまどこにいるの？　とっくに朝食の時間よ」

『おそれいりますが、どちらさまでしょうか？』

「え？」

アサルの声ではない。

「あの……そちらこそ、どちらさまで？」

『遠井警察署の八幡といいます。クネト湿原内で男性の遺体が発見されまして、このスマホはその男性の所持品とみられるものです』

「ええっ？」

『財布に入っていた写真つきの学生証から、アサル・ワグディという留学生だと思われています。いまアサルと呼びましたね？　彼とはどういったご関係で』

丸江は胸に手をあてた。落ちつけ、落ちつけ。なにかの間違いということもある。

「……昨日から、うちに泊まっていました。湿原のそばでペンションをやっています。アサルは二泊する予定で……」

『ははあ、クンネ・トーというのは宿のことですか』

「どうしてうちの名前を！」

『発信者として表示されたんですよ』

そうか。ペンションの番号がアサルのスマホに登録されていたのだ。落ちつけ落ちつけ。

「あの……彼はいったい……」

『現段階では事件、事故、そして自殺、いずれの場合もあるとみています』

「自殺？」

『彼が飛びおりた……いや、落ちたと思われる崖の上の車中に、このスマホと財布が残っていました。ほかに所持品は、虫の形をしたペンダントだけ』

自殺という不穏な言葉に、佐伯と鯱沢がそばに寄ってくる。

『捜査のため、そちらにうかがうことになります。お手数ですがご協力ください』

丸江は刑事に住所を伝えた。

『われわれが到着するまで、ワグディさんの部屋に手をつけないでいただけますか』

「はい。部屋のほうは、まだなにも……」

『では、のちほど』

ほどなく、ふたりの刑事がペンションを訪れた。ひとりは電話で話した八幡で、五十代のベテランといった風情。もうひとりはうんと若く、佐伯とあまり変わらない年頃にみえる。互いの自己紹介が済み、ロビーの椅子を勧めたが、刑事たちがそれを断ったので立ち話となった。

ふたりのうち、口を開くのはもっぱら八幡だった。

「まずは写真をみていただいてもよろしいですか」

刑事はそういって、ポラロイドカメラのプリントを一枚とりだした。すぐにはこちらに渡さず、

「遺体の顔を撮影したものです。高所から落下したと思われますが、写っている範囲に目立った外傷はありません」

「お気づかいありがとうございます。大丈夫です」

丸江は全身にぐっと力を入れて写真を受けとった。たしかにアサルが写っていた。

「間違いないです」

刑事の質問に応じるかたちで、スマホに電話をかけるまでの今朝の経緯を伝える。

「わかりました。それでは部屋のほうをみせてください」

「じゃあ佐伯くんも一緒にきてもらって……」

丸江がそう声をかけると、佐伯は申し訳なさそうな顔で「あの」といって、

「じつは、これから就職活動があって……」

「え、そうなの？」

「すみません。急に決まったんです。地元の会社なんですけど、ついさっき人事の担当者からメールがあって、今日面接にくることができるかと。なので、できればはやめに帰らせてほしいんですが……だめでしょうか？」

最後は刑事に向けた問いかけだった。

「かまいません。ただ、お名前と連絡先を控えさせてください。状況によっては、あらためてお訊ねしたいことがでると思いますので」

「ぼくに……ですか？」

「場合によっては、です」

「……わかりました」

若い刑事が佐伯の運転免許証の記載を確認し、スマホの番号とあわせて手帳に控える。それが済んだのをみて、丸江は佐伯と握手を交わした。

「ありがとう。がんばってきてね」

「はい。申し訳ありません、こんなときに」

「では、そろそろ客室へお願いします」

と八幡。

「わかりました。こちらです」

歩きだして丸江は魞沢を振り返った。

「魞沢くんは、一緒にきてくれるわよね？」

「仰せのままに」


ロビー脇の階段から二階へ。廊下の左、方角でいえば東側に客室が三つ並んでいる。いちばん手前が魞沢、最奥がアサルにあてられていた。廊下の反対側には、浴室とラウンジがあった。ラウンジの西向きの窓からは、天気がよければ夕日に染まる湿原の一部を眺望できる。

客室に入ると正面に窓がある。朝日がほとんどまっすぐに射し込んで、白いシーツが眩(まぶ)しいくらいだった。

暖かな香気が部屋に満ちている。それは太陽の匂いであり、アサルの匂いでもあった。窓側の壁に添う恰好でベッドが据えられている。ベッド脇のコンセントからスマホの充電コード、椅子にはリュック。テーブルにはラウンジからもってきたティーカップと、ミントタブレットのケース、それと小さな丸い鏡が置かれていた。

ベッドの乱れは、アサルが目を覚ますなり、慌てて部屋をでていった情景を想像させた。

「書き置きの類(たぐい)はなさそうですね」

若い刑事がぼそりといったとき、佐伯の車の出発する音が聞こえてきた。案外と響くものだ。

これなら五時半頃に車がでていったという鯱沢の証言も信用できそうだ。

「それはなんでしょう？」

八幡が、部屋の片隅に丸めて立てられた、赤い敷物のようなものを指さした。若い刑事が床にひろげる。ヨガ・エクササイズの道具として普及している、ポリマー素材のマットによく似たものだった。

「ここの備品ですか？」

「アサルの道具だと思います。彼には日に一度、祈りを捧げる習慣があって」

「ああ、イスラム教の」

「いえ。彼の宗教は、太陽を崇拝するものでした」

「ところでどうでしょう？　ワグディさんに、なにか変わった様子はありませんでしたか。たとえば思い悩んでいたような」

「少なくともわたしは感じませんでした。鯱沢くんはどう？」

「ぼくもそういった印象はありません」

「あの……アサルはどういった状況で発見されたんでしょうか？」

「失礼しました。まだ申しあげていませんでしたね」

八幡が説明をはじめる。

「クネト湿原のなかに丘陵地がありますよね。あそこの崖のひとつから落下したと考えられています。あいにく下は岩場でした」

アサルの車は崖の際にとめてあった。早朝から丘を散策していた観光客が不審に思い、崖下を覗いて遺体を発見したという。

「通報があったのは七時二十分頃。車の助手席には財布とスマホが残っていました」

「電話ではペンダントもあったと」

「それは車内にではなく、身につけていました」

「えっ？」

「どうかしましたか」

「いえ。その……首につけたまま落ちたとしたら、無傷ではなかっただろうと。アサルがとても大切にしていたものだったので」

「ペンダントは無傷でした」

「ほんとうですか」

「ワグディさんは、その首飾りを両手で握りしめたまま亡くなっていました。遺体の損傷は彼の背面に集中しており、おそらくはうしろ向きで落下し、そのまま仰向けで地面に打ちつけられたものと推測しています」

「そう……だったんですね」

アサルはスカラベを傷つけまいとしてそんな落ちかたを……であれば、やはり彼は自分の意思で飛びおりたということになるのだろうか。

そう考えたとき、丸江の脳裡(のうり)に昨夜の会話が甦(よみがえ)ってきた。

「あの……現場の丘陵地についてなんですが」

「なんでしょう」

「昨日の夕食のあと、そこのラウンジでアサルと話をしたんです。そのとき、あの丘のことが話題にのぼりました」

「ほう。聞かせていただけますか」

「はい。たしか……」


夕食を終え、丸江と魞沢は二階のラウンジですごすことにした。佐伯が「片づけは自分ひとりで」と、申しでてくれたのだ。

アサルも誘ったが、彼は「先にお祈りを済ませてきます」といって、いったん部屋に戻った。てっきり夕食前に済ませたものと思っていたら、そのときはまだ日没前だったのだという。曇天で太陽がみえないからといってズルはできないらしい。戒律だから当然なのだが、律儀なものだと感心した。

ラウンジの片隅のテーブルにはコーヒーと紅茶のポットが置いてある。丸江と魞沢はコーヒーをカップにそそいだ。丸江はそれに持参のブランデーを、魞沢は大量の蜂蜜(はちみつ)を垂らし、外へ向かって窓際に置かれた木製の長椅子に腰掛けた。

「魞沢くん、きてくれてありがとう」

「お礼をいうのはぼくのほうです。こんなふうに誘ってくれるのは丸江ちゃんくらいですよ。自分でも呆れるくらい友人が少ないものですから」

「向こうは友人と思っていても、あなたのほうがつれないんでしょう?」

「虫と同じ程度には、人間にも関心があるんですけど」

「観察するだけじゃなく、相手にも自分をさらけださなくちゃ」

「いやはや丸江ちゃんは手厳しい」

「いまののどこが厳しいの」

そこにアサルがやってきた。彼は紅茶に角砂糖をひとつ入れ、ふたりから少し離れた場所のソファーに腰を沈めた。

「お祈りは無事に済んだ?」

「はい」

三人は、丸江と魞沢が出会ったときのこと、アサルの研究のこと、観光地クネト湿原の今後の展望などについて話をした。

「さて、明日はどこへいこうかな」

アサルの口調も、だいぶくだけはじめていた。丸江は湿原のなかにある丘陵地にいってみてはと勧めた。

「そこの壁に飾ってある写真がそうなのよ」

宿泊客のひとりが撮影し、贈ってくれたものだった。丘の上からみる湿原の夕景。赤い色に染まった大小の川は、どこか血管を思わせた。

「これはすばらしい」

アサルが立ちあがって写真に近づく。

「魞沢さんに聞いたんですが、このペンションの名は〈黒い沼の館〉を意味するそうですね」

黒沼荘よりさらに不気味になっていた。

「ぼくの母国の名も、〈黒い土地〉を意味する古い言葉に由来します。ナイルの祝福を受けた肥沃(ひよく)な土地です。このクネトも、水の恵みがあればこそ、むかしから人が暮らしていたにちがいありません」

アサルは首のスカラベに触れながら、あらためて写真に目を向けた。

「まったく似ていないはずなのに、不思議と故郷を想わせます」

「陸奥(みちのく)の沼地を天下のナイルと並べられちゃ、さすがに畏(おそ)れ多いわね」

丸江はそういって肩をすくめた。

「……つまりワグディさんは、故郷を思いだす丘陵地を末期(まつご)の場所に選んだと、瀬能さんはそうおっしゃりたいわけですか」

丸江と飫沢、そして刑事たちは、ラウンジに移動して件の写真を眺めた。窓の外には湿原の一部が景色としてひろがる。アサルの遺体がみつかったという丘陵地はハンノキの林の向こうにあり、ここからはみえない。

「そうはいってません。まだ自殺と決まったわけじゃないですし……」

「正直申せば、われわれは状況からして自殺の可能性がもっとも高いと考えています。飫沢さんが車の音を聞いたという午前五時半は、日の出から間もない。彼が太陽を崇めていたとすれば、朝日に抱かれながら命を絶つことに意味があるのかもしれません」

「自分を傷つけることは罪だと、彼はわたしたちにいったんです。その次にいけないのが、お祈りを欠かすことだと。お祈りをさぼらなかった彼が、それより上位の戒律を簡単に破るとは思えません」

丸江の意見に、刑事は納得しかねるようだった。たしかに説得力に欠けるとは思うが、刑事の推測だって自分と五十歩百歩だ。

それでも八幡は、いちおう自殺以外の線についてもなにか訊ねたほうがよいと思ったのだろう、いくつかの質問をしてきた。

「ワグディさんに、こちらで誰かに会うといった予定はありましたか?」

「わかりません」

「では、なんらかのトラブルに巻き込まれたといった話は？」

「この村でですか？　なにも聞いてはいませんけど……昨日訪れたばかりですから、さすがにそれはなかったんじゃないでしょうか」

「些細(ささい)なことでもかまわないんですが」

「些細といっても……」

つい口ごもってしまった。

「またなにか思いだしましたか？」

刑事の問いかけが、ふたたび追憶を生む……。


――明日はこの丘にいってみます。

アサルはそういって、ラウンジに飾られた写真をスマホで撮影した。丸江は三杯目のコーヒーに口をつけていた。おかわりのたびに加えるブランデーの量が増えていることを自覚しながら。

「ところでアサルっていう名前、なにか意味があるの？」

ふと思いついて訊いてみた。するとアサルは、

「古代の神話に登場する……ええと、〈オシリス〉といったら通じるでしょうか？」

「オシリス？　ペガサス座の？」

「ああ、そうです。星の名の由来となっています」

「トレミー四十八星座のひとつで、正式な日本名はペガスス座です」

魬沢が細かいことをいう。

「おもしろいわね。ここにもまた天体がでてくるわけだ」

「瀬能さんのお名前だって……」

「え？　わたしの名前？」

「丸江さん、ですよね」

「天体と丸つながりってこと？」

「フンコロガシの糞ともつながりますね」

余計なことをいう魬沢をひと睨みしてから、

「明日は晴れるっていうから、きっとオシリスもみえるわね」

そういうと、アサルが窓に近寄り、

「晴れたら、ここから朝日を眺めて、目覚めのコーヒーといきたいものですね」

と、深い夜をみつめた。

丸江も魬沢も、そろって窓に目をやった。いまはただ、闇に浮かぶ自分たちの姿がみえるばかりだ。ガラスのなかで、三人はそれぞれに視線を合わせた。

「……さて、ぼくはお風呂に入ります」

アサルがいとまを告げる。

「浴室だけど、脱衣所に鍵はかからないから、入浴中はドアの札を裏返しておいてね」

「平気ですよ。ぼくと鯱沢さんだけですから……そういえば、鯱沢さんの下のお名前は？」

「泉と書いて、せん、と読みます。わかりますか？　泉という字」

「わかります。水の恵みですね。素敵な名前です」

「素敵なんていわれることは滅多にありません」

鯱沢が顔を赤くした。

「スカラベはお風呂にもつれていくの？」

「肌身離さず……といいたいところですが、お風呂は例外です。脱衣室の籠のなかで、鯱沢さんが侵入してこないか見張ってもらうことにします」

アサルはそういってウインクをしてから、

「そうそう忘れるところでした。おふたりに、これをお渡ししようと思って」

と、ポケットから小さな丸い鏡をふたつとりだした。

「ぼくがお祈りのときにつかう道具と同じものです。鏡は太陽を象徴します。友人のしるしに受けとってください」

「そんな大切なものを？」

「大丈夫。こうして配るために、いくつかもっているんです」

「じゃあ遠慮なく。ありがとう」

「では、また明日。おやすみなさい」

そうしてアサルが去り、ラウンジには丸江と魞沢が残った。友人という響きに感動したのか、魞沢はもらった鏡をしみじみと眺めていた。

「ぷっ」

思わず笑ってしまい、魞沢が「なんですか」と睨んできた。

「なんでもない。わたしたちも、そろそろお開きにしますかね」

もうすぐ十時になる。丸江は朝がはやいぶん、夜もはやい。

「そうしましょうか。いやあ、それにしても昼間の急流くだりは最高でした。流行(はや)りますよ、あれ」

「なによ今頃。青い顔で白目むいてたくせに」

「今度はええと、なんでしたっけ？　受付のかたがやっているという、カヤックとやらにチャレンジしてみたいものです」

「本気？　柿本くんなら喜んで教えてくれるわよ」

「来年もいらっしゃるでしょうか？」

「いるいる。村のことがすごく好きみたいで、おまけに働き者よ。ゴミ拾いのボランティアなんかにも積極的に参加してくれるの。うちがもうちょっと儲かるようになったら、柿本くんには住み込みで通年働いてもらおうかしら」

「ぼくも住み込みで働きましょうか?」

「あら。立ち退き(の)にでも遭う予定があるの?」

「そんな不穏な予定はありません。これでも家賃を滞納したことはないんです」

「いっとくけど、ベッドメイクひとつとっても重労働なんだから、行楽地で虫追っかけながら楽に働けると思ったら大間違いよ。せいぜい身体(からだ)鍛えて、来年またいらっしゃい」

立ちあがり、「洗っておくから」と鯱沢のカップを受けとる。

ラウンジをでると、廊下に佐伯が立っていた。

「あ、遅くまでごめんね。……ん? どうかした?」

佐伯がバツの悪そうな表情で、浴室のドアにかかっていた手を引っ込めた。

「いや、札が〈使用中〉になってなかったんで、空(あ)いてるのかと思って開けちゃったんです」

「アサルったら、札のこといっておいたのに」

「備品を補充にきたんですけど、あとにします」

「いいわよ、わたしがやっておくから」

ふたりで一階へおりる。食堂の片づけは、すっかり済んでいた。

「ほんとにありがとね。とっても助かった。バイト代、割り増ししておきます。明日の朝もきてもらわなきゃだから、もう帰って大丈夫よ」

「じゃあ、これで失礼します」

「うん。気をつけて」

「あの……」

「ん？」

「余計なことかもしれないんですけど」

「うん、なに？」

促され、一瞬ためらいの表情をみせてから、佐伯が言葉をつづける。

「海外からの旅行客、増えてますよね」

「ええ」

「それを歓迎する人もいれば、よく思わない人もいます」

「………」

「とくにアジアの隣国や、中東の人たちに悪い印象を抱く人も」

丸江は驚いて佐伯の顔をみつめた。

「なにがいいたいの？」

「宿の評判に関わることだから、人を選んだほうがいいってことです」

「やめて」

丸江はぴしゃりと佐伯の言葉を遮った。

「それ以上なにもいわないで。わたし酔ってるの。だから、いま聞いたことは忘れちゃうと思う」

丸江は佐伯をまっすぐみつめた。彼はすぐに視線を逸らし、

「……たしかに、素面のときに聞いてもらったほうがいいです。それに、アンフェアなやりかたでした」

そういって頭をさげ、帰り支度にとりかかった。

またなにか思いだしましたか――という八幡の問いかけに対し、結局丸江は「いえ、なにも」とだけこたえた。

佐伯の発言はたしかに不穏当なものだった。でもあれはトラブルなんかじゃない。佐伯の言葉がアサルの耳に入ったわけではないのだ。わざわざ警察に伝えるようなことではない……そう自分にいい聞かせるが、胸騒ぎは簡単にはおさまらない。

佐伯がアサルをよく思っていないとして、だからといってアサルの死に、それが直接結びつくことがあり得るだろうか……。

まとまらない思考を、八幡の言葉が遮る。

「そうですか。では、われわれはこのへんで失礼します」

「あの、アサルの荷物はどうしたらよいでしょう?」

「現段階では押収するような状況ではありませんので、遺族のかたと連絡がとれ次第、どのようにするか話し合うことになると思います。それまでは申し訳ありませんが……」

「わかりました。保管しておきます」

「状況に進展があり次第、またご連絡いたします。ご協力ありがとうございました」

ふたりの刑事が同時に頭をさげ、ドアへと踵を返した。その背中に鯱沢が、

「あの、ひとついいですか」

と、弱々しく声をかけた。刑事が振り向く。

「なにか?」

「アサルさんが身につけていたペンダントですが……」

「ええ。あのカブトムシみたいな形の」

「カブトムシではありません。あれはスカラベ……フンコロガシです。虫の脚が丸いものをはさんでいたと思いますが、あの丸は糞であると同時に太陽をあらわしています」

「それがなにか」

八幡の眉間の皺が深くなった。丸江はハラハラした。まさかこんなときに、刑事相手に虫の講義をはじめるつもりだろうか……。

「その丸い部分が、開きはしなかったでしょうか?」

「開く?」

「はい。懐中時計の蓋みたいに」

「いや、それは確認していない……」

八幡に視線を送られた若い刑事も、首を横に振った。

「だったら、いますぐ確認してもらえませんか」

鯱沢が、八幡にぐいと詰め寄った。

「あの丸い部分の中身は、方位磁針だと思うんです」

渋々といった様子で、八幡は現場の係員に電話をかけた。問い合わせに対する返答はすぐに戻ってきた。たしかに装飾の円形部分は蓋が開くようになっていて、そのなかに方位磁針が嵌め込まれていたという。

「そうか、わかった。ああ、もういい……」

「待って、電話を切らないでください！　もうひとつだけ」

鯱沢が八幡に懇願する。

「なんです？」

「針は……コンパスの針はきちんと動くでしょうか」

「は？」

「磁針のN極が、ちゃんと北をさしているかということです」

刑事が、むっとした顔で電話の向こうに訊ねる。

「うん……うん……なに？」

「ど、どうですか」

「スマホの方位アプリと比較すると、コンパスは正常に動いていないようだと」

「やっぱり……」

「うん、うん……そうか。ありがとう」

八幡は今度こそ電話を切った。そして、

「確認した鑑識の係員によれば、ぱっと見わかりづらいが、どうやら針と支えの接触部分が錆びついており、いまはN極がほとんど逆——つまり南の方角をさしている、と」

「鮎沢くん、いったいどういうことなの？」

黙って聞いていられなくなり、丸江はやりとりに割って入る。鮎沢の蒼白い顔がこちらを向いた。

「アサルさんのコンパスは狂っていた。東西が逆になっていたんです」

南北が逆になっているのだから、もちろん東西だってちがっているだろう。そうだとして、それがいったい……？

「昨日は夜まで曇天でした。夕日も月も星もみえなかった。そんななか、たよりのスカラベは正しい方角をさし示す能力を失っていた。不正確な位置をさしたまま、針は錆びついて動かなくなってしまっていた」

「ちょっと落ちついて。わかるように説明してよ」

「憶えてますか？　昨夜、アサルさんがラウンジの窓辺に立ち、『ここから朝日を眺めて、目覚めのコーヒーといきたいものですね』といったことを」

「ええ。憶えてる」

「それを聞いてぼくは、ラウンジの窓は東を向いている――少なくとも、朝日がみえる方角を向いているのだと思いました。その日の祈りを済ませた直後です。アサルさんは東に向かって祈る習慣をもっていて、彼が正確な方角を把握していて当然だと考えたわけです。しかし、朝になってその考えが誤りだったことに気づきました。ラウンジにきたのは、彼がラウンジにきたのは、その日の祈りを済ませた直後です。だからぼくは、彼がラウンジに

廊下をはさんでラウンジの反対側にある自分の部屋の窓から、直射日光が飛び込んできたからです」

　そのせいで、鯱沢は日の出とともに目を覚ましたのだといっていた。

「そのときは、ぼくの悪い癖がでただけだと思いました。発言の揚げ足ばかりとって相手をわずらわしい気持ちにさせるのが、ぼくに友人ができない最たる原因です」

　悲しい自己分析を織りまぜつつ説明はつづく。

「でもいまは、アサルさんはやはり方角を誤って認識していたのだと考えています。その証左となるのが、狂ったスカラベです。彼は昨夜、祈るべき方角を間違えていた。東に向かって祈

っているつもりで、じつは西を向いていた。朝日が窓から射し込んできたときになって、その過ちに気づいた。だからこそ日の出直後の早朝に、アサルさんはペンションを飛びだしていった」

「ちょっと待ってください」

八幡が呆れた様子で釟沢を制止する。

「祈りの作法を誤ってしまったことを苦に、ワグディさんは自殺したのだと？」

「そ、そうではありません。アサルさんは、自殺するつもりでここを飛びだしたわけじゃないんです」

「だったら、なんのために」

「コンパスを錆びさせた犯人に会うためです」

「錆びさせた犯人？」

「コンパスは誰かの手で故意に狂わされました。悪意によって狂わされたんです。アサルさんは、ほとんど肌身離さずスカラベを首からかけていました。ですから、そんな悪戯ができる人間はかぎられています」

故意――悪意――その言葉に、丸江は肌が粟立つのを感じた。頭のなかに、ある可能性が浮かぶ。

昨夜、アサルの入浴中に、脱衣室の前に立っていた人物がいた。

今朝、アサルが姿を消した数十分後、その人物は入れ替わるようにして宿にやってきた。

その人物は、刑事がやってくると、やはり入れ替わるようにして宿を立ち去った。

そして彼は、アサルに対する密かな悪意を自分に告白した。

——宿の評判に関わることだから、人を選んだほうがいいってことです。

ほんとうに、急な就職活動などあったのか？　彼を帰したのは、大きな失策だったのではないのか——丸江の口は自然に動きはじめていた。

「アサルは、出勤してくる佐伯くんを待ち伏せするためにペンションをでた……外で会ったふたりは、狂ったコンパスを巡ってその場で諍(いさか)いになった……」

声が震える。

「諍いのはてに佐伯くんはアサルを……それを事故か自殺に偽装するために、彼は遺体を崖から谷底へ」

そこまでいうと、魞沢が目を丸くした。

「さっ、佐伯さんですって？」

「だって……ちがうの？」

「佐伯さんにコンパスを錆びさせる機会がありましたか」

「お風呂よ！　アサルの入浴中ならコンパスは脱衣室の籠のなか。あそこにはお風呂掃除用の塩素系の洗剤だって置いてある。あれをつかえば……」

「丸江ちゃん、落ちついて」

「落ちついていられるわけないでしょ！」

「だったら慌てたままでいいので、もう一度考えてみてください。それだと時間が合わないんです。ぼくの仮説では、コンパスが狂わされたのはアサルさんが祈る前――彼がラウンジにあらわれる以前でなくてはなりません。入浴中では遅いんです」

「だったらあなたの仮説が間違ってるんじゃないの！」

丸江が叫ぶと、魞沢がくるりと顔を背けた。逃げたと思ったら、そうではなかった。彼はすがるようにして八幡の肩をつかんだ。

「刑事さん、もうひとつ、もうひとつだけ、お願いがあります」

揺さぶられ、刑事の頭が前後に動く。

「あの川に……ああ、丸江ちゃん、あれはなんという川ですか。ぼくらが急流くだりをした、ロッジのある……あの場所を確認するよういってください。ぼくが間違っているなら、そのほうがいいんです。でも、もしかしたら、そこに柿本さんの遺体が」

丸江は絶句した。もちろん八幡だって納得できるはずがない。

「遺体だと？　バカにするのもいい加減に」

「だったらアサルさんはなぜ自殺したんですか！」

「それをいま調べて……」

「先ほど丸江ちゃんが、こんなことをいいました。毎日の祈りをさぼらなかった彼が、それより上の戒律を破るとは思えない——たしかに道理です。しかしこれが道理なら、逆もまた道理です」

「また逆か？　今度はなにが逆なんだ」

「アサルさんは教えてくれました。彼の信仰における最大の禁忌は、いかなる理由であれ他人を傷つけることだと。ぼくはそれを思いだし、こう考えました。彼はすでに最上位の戒律を破ってしまっていた。だからそれより下位の罪を犯すことを——自分自身を傷つけることを——厭わなかった」

丸江は「あっ」と声をあげた。魞沢のいっている意味が、やっとわかったのだ。

「つまりアサルは人を殺してしまった。その罪の責を負って彼は自殺した」

そして、その原因となったのが、狂わされたコンパスだった——？

「そうです。だからはやく……」

「魞沢くん、ペンダントがコンパスだということを、あなたいつから知っていたの？」

「知っていたわけではありません」

魞沢は時間が惜しいとばかりに早口で説明する。

「特定の方位方角に向かって祈る習慣をもつ人々が異国を旅するとき、コンパスは必携の道具です。最近はスマホで事足りる場合が多いでしょうが、通信や電源の問題があり、別個に携帯している人は多いと思います。アサルさんが方角を錯誤していたとしたら、その原因は彼のコンパスにあったのではないかと想像したとき、あのスカラベがそうである可能性に思いあたったんです」

——このペンダントのスカラベも、本物に負けない力を宿しています。スマホよりよっぽど信頼がおけますよ。

——いつも正しい方向にぼくを導いてくれます。

スカラベに触れていた、アサルの長い指を思いだす。

「アサルさんは昨夜、スカラベで方位をはかった。朝になり、自分が祈りを捧げた方角が東ではないことに気がついた。彼は当然、コンパスを確認したでしょう。そのときはじめて、それが正常に動いていないことを知った」

彼はその異状が、人為的に引き起こされたものではないかと疑った。針は自然に錆びたのではなく、誰かが故意に錆びつかせたのだと。

「アサルさんがペンダントをはずすことは滅多にありません。その数少ない機会が、急流くだりを体験するため、貴重品を受付にあずけている最中だった」

「ああ……」

そうか、だから柿本なのか。丸江は昨日彼と交わした会話を思いだした。

「……きっとアサルは憶えていたんだわ。わたしロッジで柿本くんに訊ねたの。地元にはいつ帰るのかって。そうしたら明日の朝に……つまり今朝、もう一度だけ川でカヤックをしたら帰るって。その会話を、そばにいたアサルはたまたま聞いて憶えていた……」

ふとみた八幡の顔色が、先ほどまでとは変わっていた。

「柿本くんは『朝』といっただけで、何時に川にきて何時までいるつもりなのか喋ったわけじゃない。会って話をするためには、できるだけはやく現地にいき、そこで待つ以外、アサルがとれる手段はなかった」

若い刑事も、そわそわしはじめていた。魰沢がまた口を開く。

「実物をみていないから断言はできませんが、ケースに嵌め込まれたコンパスを分解するのに、おそらく高度な技術は必要ありません。透明な上蓋をはずすだけなら、たいした道具も必要ないでしょう。露出した針と支点の部分に、なにか金属を錆びさせるもの……たとえばそう、トイレの酸性洗剤をごく少量付着させるだけで終了です。タイヤ交換すらできないぼくにさえ、川くだりをするだけの時間があれば可能な作業でしょう」

八幡が若い刑事に耳打ちをした。若い刑事が外に飛びだす。

「アサルさんにとっては、祈りを妨げられたことよりも、コンパスを傷つけられたことのほうが、きっと重大な問題だったと、ぼくは思います。なぜならあのコンパスは、アサルさんの宝物だったからです」

――大学の友人たちが、帰国のはなむけに贈ってくれました。デザインから機能まで、特別に注文してつくってくれた、世界にひとつの品です。

アサルの言葉を思いだし、丸江はたまらない気持ちになる。

「しかし鯱沢さん」

と八幡。

「もしそうだとして、柿本という人物は、なぜそんな悪戯を？　ワグディさんと面識があったわけでもないんでしょう？」

刑事が投げかけた疑問のこたえに、丸江はすでに到達していた。

単純なことだ。柿本はそういう人だったのだ。

昨夜、帰る間際の佐伯が伝えようとしたこと——その内容を自分は誤解していたのだと、いまになって気づく。

特定の人種や民族に対して負の感情を抱いているのは、佐伯ではなく、柿本だった。

年齢が近く、それなりに付き合いのあった佐伯は、そのことに気づいていた。

うちがもうちょっと儲かるようになったら、柿本くんには住み込みで通年働いてもらおうかしら——ラウンジをでる直前に、丸江が冗談半分で口にした言葉。それを佐伯は廊下で聞いて真に受けた。彼は、柿本を雇うことの危険性について、丸江に警告を発しようとした。それを途中で遮ったために、発言の真意を見誤った。

そしてもうひとつ、丸江は思い起こす。

ペンションの宿泊者——とくに海外の客から寄せられた何件ものクレーム。

自分が宿泊客に、必ず急流くだりを勧めていたこと。

彼らもまた、柿本の悪意の被害者だったと考えれば、辻褄（つじつま）は合う……。

バン！　と勢いよくドアが開き、若い刑事が駆け込んできて、電話を八幡に渡した。彼はこちらに背中を向けて「ああ、ああ」と何度か呟（つぶや）き、静かに通話を切ると振り返っていった。

「ロッジには柿本さんのものと思われる車と荷物が残されていましたが、人の姿はみあたらないと。しかし、そこから下流一キロの地点で、岩場に引っかかったカヤックがみつかりました。乗っていたのは男性で、柿本さんとみられます。ただ魞沢さん。あなたの推測に、ひとつ誤りがあります。発見された男性は生きていました。意識は途切れがちだということですが、現在ドクターヘリが向かっています」

魞沢は力が抜けたようにその場にへたり込んだ。そして小さく「よかった」といった。

二時間後、八幡から柿本の命に別状はなさそうだという電話が入った。

「もうひとつ、ワグディさんのスマホを調べたところ、亡くなる直前に撮影したと思（おぼ）しき動画がみつかりました。映っていたのは彼自身、つまり遺言でした。半分以上が母国語で、全体の翻訳に時間がかかったのですが、犯行については、われわれ日本の警察に向けて日本語で証言していました」

アサルが川についたとき、柿本はすでにカヤック上にいたという。そこでなんらかのいい争いがあり、その末にアサルは柿本から侮辱(ぶじょく)的な言葉を浴びせられた。頭に血がのぼったアサルは、岸を離れかけた柿本のパドルを奪いとって頭部を殴りつけた。

「そもそも諍いに至った原因については、残念ながら語られていません。いずれ柿本さんの聴取で明らかにはなるでしょうが、現時点では鯱沢さんの推察が、その部分を埋めるものになります」

「……そうですか」

「ぐったりした柿本さんをみて、ワグディさんは、殺してしまったと思い込んだようです。カヤックはそのまま流れに乗って遠ざかり、追いかけて確かめることはできなかった。怖くなったワグディさんはパドルを川に投げ込み、その場から逃げた。しかし……」

罪の意識から逃れることはできなかった。

「遺言には、瀬能さんと鯱沢さんへの言葉もありました。あとでおみせしますが、旅先でできた、ふたりの友人に、心からの感謝を……と」

柿本が命をとりとめた。それは喜ぶべきことだ。アサルだって殺人者にならずに済んだのだから。でも、だったらアサルが自らの命を絶った意味はどうなるのだ。

電話を切りテラスにでた。空は秋めいて青く澄んでいる。目を細めて太陽をみた。アサルにもらった小さな鏡で光を映す。

　どうして今日は、こんなに晴れたのだろう。昨日まで、あんなに曇っていたのに。もし太陽が顔を覗かせなければ、アサルは死ぬことはなかったのだ。アサルがコンパスの異状に気づくのは、はやくても今日の日没後になったはずだ。その頃には、柿本はもう村にはいない。彼が柿本に会う機会は失われていたはずだった。

　アサルの心が深く傷ついたとしても、彼が他人を傷つけることはなかった。なかったのに……。

　気配を感じ振り返ると、鮴沢もテラスにでてきていた。

「ぼくは疫病神かもしれません」

「なにバカなこといってるの」

　丸江は鮴沢を睨みつけた。

「本気で怒るよ」

　鏡の光を鮴沢の顔に散らす。彼は寂しそうに目を細めた。

「鮴沢くんだから拾いあげられる言葉や気持ちがある。それで救われる人たちもいる。ちがう?」

「さあ。ぼくにはわかりません。ぼくのほうこそ誰かに助けられてばかりのような気がします。誰かのやさしさに甘えてばかりいるような」

「そうなの？」

鱽沢は、自分でいっておいてはぐらかすように首を傾げた。

「しばらくは村も騒々しくなりますかね。もしかしたら、このペンションも」

「キャンセルが増えるかも。鱽沢くん、やっぱり交通費だけもらっておこうかしら」

「それで宿が潰れずに済むなら」

「誰が潰すもんですか」

事件のことは、きっとすぐに忘れ去られてしまうだろう。

その裏側になにがあったのかは、そもそも語られさえしないだろう。

「丸江ちゃん」

「ん？」

「来年もまた、きていいですか」

「もちろんよ。アサルに会いに」

鏡の光をかわすように鱽沢が空をみあげた。目もとにきらめいたものが涙だったのかどうか、丸江にはわからなかった。

ホタル計画

「編集長、お電話です」

「いま忙しい」

「知ってます」

五月二十八日、火曜日の夕刻。一般向けサイエンス雑誌『アピエ』編集部は、編集長の斎藤以下スタッフ全員が、校了前の忙しさの只中にあった。

斎藤が目をとおしているのは、次号・遺伝子工学特集記事の隙間を埋めるコラムのゲラだった。遺伝子操作によって人工的につくられた動物が、知らぬ間にペットとして暮らしのなかに入り込んでいる——そんな内容だ。

「かけなおしてもらいます？」

「あとでこっちからかける。誰から？」

「それがなんと、ナニサマバッタさんからです」

驚いて手をとめ、ゲラから顔をあげる。

「ちょっと待て！　なんで先にいわないんだ」

にやつくスタッフを睨みつけ、緑色のランプがついた外線ボタンを押す。

「もしもし、かわりました」

『もしもし。あの、オダマンナ斎藤さんですか？』

聞こえてきたのは、まだあどけなさの残る少年の声。ナニサマバッタくんは、たしか中学二年生のはずだ。

「はい、オダマンナ斎藤です。はじめまして」

オダマンナ斎藤――というのは筆名である。もともとコピーライターとして業界にデビューした斎藤が、ライター養成講座の師匠から授かった名前だった。師匠は、理屈ばかりこねて素直に従おうとしない弟子を、常々うるさいヤツだと思っていたらしい。

二十代のうちは師匠に仕事を回してもらい、細々とライター稼業をつづけた。三十歳を過ぎたあたりから、大学の理工学部で学んだ知識を買われ、科学分野の執筆依頼が増えるようになった。いつしか〈サイエンスライター〉という肩書きで呼ばれだした頃、ある編集者に声をかけられ、新雑誌の創刊に協力することになる。それが『アピエ』だった。

紆余曲折があっての創刊から二年後、ともに雑誌を立ちあげた初代編集長が病に倒れ急逝した。それから十年、斎藤は二代目編集長として、小さな城をがむしゃらに守りつづけてきた。

『突然お電話して、すみません』

「とんでもない。ナニサマバッタくんとは、一度話してみたかったんだ」

ナニサマバッタ——トノサマバッタにかけたシャレだろう。『アピエ』の読者投稿コーナーで少年が用いているペンネームだ。中学生にして、編集部内にその名を知らぬ者なしという常連投稿者である。年に一度か二度、『アピエ』は都内でファンイベントをおこなっているが、北海道という遠方在住のナニサマバッタくんはまだ参加がなく、斎藤が、いつか会ってみたいと思う読者のひとりだった。

そんなバッタくんが、いきなり編集部に電話をかけてきた。何事だろうか。投稿ハガキの誤字にでも気づいたか。まさかクレームということはないと思うが……。

「今日は、どうしたのかな」

『ええと、あの……すみません。なにから話したらいいのか』

「そういうときは、結論からいってごらん」

『わかりました。じゃあ……』

ひとつ小さな咳払い(せきばらい)があり、

『じつは、繭玉(まゆだま)カイ子さんが、いなくなりました』

バッタくんは、きっぱりとそういった。繭玉……カイ子? 斎藤は耳を疑った。

『繭玉さんにいわれたことがあったんです。もし自分になにかあったら、『アピエ』の編集長をしている、オダマンナ斎藤という人に連絡してほしい——って』

こちらの反応を待つような間が空いた。だが斎藤は、思考が停止してしまい、すぐに返事ができずにいた。やがて不安そうな声音で少年が訊ねてくる。

『あの……繭玉カイ子さん、記憶にありませんか——？』

その日、斎藤は徹夜で仕事を片づけると、スタッフへの指示をホワイトボードに書き残し、東京駅から翌朝一番の東北新幹線に飛び乗った。

盛岡で特急に乗り換え、太平洋沿いの八戸、三沢を経て、下北半島の付け根から津軽へと入る。やがて青森をすぎ、青函トンネルをくぐるのは、これがはじめての経験だった。

むかし、トンネル開通以前に旅したときは青森駅が列車の終点で、そこから連絡船に乗り換え、四時間も津軽海峡の荒波に揺られる必要があった。船酔いの凄絶さと相まって、自分がブラキストン・ライン——津軽海峡の途中にあるという生物分布のボーダーライン——を越境しようとしているのだという実感が、心の内にこみあげてきたものだ。

しかしいま、海底で地つづきになった本州と北海道には、あって然るべき境界が、もはや消えてしまったような感がある。列車が青函トンネルに入っても、斎藤はとくに興奮することなく、暗い窓に映る自分の顔を退屈な思いで眺めていた。竜飛海底駅通過のアナウンスが流れた頃、斎藤は目を閉じた。

繭玉カイ子——いうまでもなくこれもペンネームである。しかも名付け親は斎藤だった。

八年前のある日、眠そうな顔でふらりと編集部を訪ねてきた彼は「『アピエ』のファンです」といってリュックサックを開け、「読んでもらえませんか」と、数枚の原稿を斎藤にさしだした。

「カブトムシの幼虫は二本の角の夢をみるか？」と題された二千字余りの文章。カブトムシの角がいつ、どのように形づくられるかについての考察が、軽妙なタッチで綴られていた。

斎藤は一読して気に入り、掲載を決めた。本名じゃインパクトがないからとペンネームまで考えた。昆虫の話を読んだ直後だったせいか、男のぼんやりとした白い顔に、ふと蚕の繭が思い浮かんだのだ。

見開き二ページにおさめた記事は、残念ながらそれほど評判にはならなかったが、ともかくそうして〈ライター・繭玉カイ子〉がこの世に誕生した。

カイ子の得意分野は、昆虫を中心に虫全般。ちょっとでも虫が関係していれば、文学でも芸術でも、あるいは噂話でも、なんでも興味があるようだった。

斎藤を訪ねてくる以前に、なんの仕事をしていたかは知らない。一度訊ねてみたことがあったが、「転々としました」という以上は多くを語りたがらなかった。人付き合いが得意でないことは、すぐにわかった。年齢は斎藤の九つ下で、『アピエ』に記事を書くようになったのが三十歳のとき。いまは三十八歳になっているはずだ。

そのカイ子が姿を消したのが五年前。

あの日、原稿を届けにきたカイ子を、そのまま飲み屋に誘った。彼が貧乏暮らしをしていることはわかっていたから、ときどき食事の面倒をみていた。頻繁に昆虫採集の旅行にでかけるため、カイ子は食費を極端に削っていたのだ。

前号の売上が好調で酒がすすんだ。それが拙かった。

「そういえばカイ子、おまえ赤羽のタウン誌の執筆依頼、断ったんだって？」

「はあ」

彼はきまり悪そうに頭をかきながら、

「グルメとか興味がないもので」

といって口を尖らせ、その口の形のまま枝豆を食べた。斎藤はため息をついた。

「あのな、うちにとっておまえは外部契約のフリーライターにすぎないんだぞ。『アピエ』がぽしゃったら次の日からどうすんだ？　仕事を選ぶなんて十年はやいんだよ」

斎藤の煙草から流れた煙のせいか、それとも話の雲行きが怪しいことに気づいたのか、カイ子が顔をしかめた。それがまた気に入らない。思わず平手でテーブルを叩くと、カイ子の箸が転げて皿から床に落ちた。それを即座に拾おうとするのも、また腹立たしかった。

「そんなもんあとで拾え！」

「すみません」

「名刺だって、つくってないんだろ？」

「だって……藺玉カイ子ですよ？」

「俺だってオダマンナ斎藤だよ！　だが恥ずかしいなんて思ったことは一度もない。師匠がつけてくれた名前だからな」

そこには当然、「おまえの名前は俺がつけてやったんだ」という含意があった。

「書き手として、やっていく覚悟があるのか？」

その質問に、カイ子は下唇（したくちびる）をくっと噛んだ。

「ぼくは『アピエ』の仕事だけできれば、それでいいんです。『アピエ』がなくなったら、そのときはそのときです」

実力を評価していたからこそ、やる気の感じられない発言が許せなかった。斎藤の説教が勢いを増す。曰（いわ）く、おまえは逃げてばかりの負け犬だ。曰く、ライターの替わりなんていくらでもいる。曰く、遊び半分ならいまのうちに廃業しろ——。説教といえば聞こえはよいが、実際はほとんど罵倒（ばとう）といってよかった。

そのあとは、あまり記憶がない。どうやらカイ子が家まで送り届けてくれたらしかった。

一週間後。次号の打ち合わせのためカイ子の自宅へ電話をかけたスタッフが、

「編集長。つながらないです」

受話器を耳にあてたまま、そういった。

「虫採りにでもでかけたんじゃないのか」

「でも、なんか変ですよ。この電話は現在つかわれておりません——って」

斎藤はカイ子のアパートへ向かった。何度呼び鈴を押しても、ノックをしても、ノブを回しても、応答がない。隣の部屋からでてきた女性が、

「何日か前に引っ越しましたよ」

と、迷惑そうにいった。


目を開けて車窓を眺めると、北海道側からみる津軽海峡が三角形の白波を立てていた。

思考はまだ、ぼんやりと五年前をさまよっている。

カイ子の隣人に教えてもらい、アパートの管理人を訪ねた。その老人は玄関先で斎藤の名を聞くと、「ああ」といって一度奥に引っ込み、

「突然の引っ越しで、ぼくも詳しいことはわからないんだけど、この封筒が空になった部屋の床に置いてありましたよ」

と、〈オダマンナ斎藤様〉と宛名の書かれた茶封筒をもってきた。

開けてみると、中身はA4の白いコピー用紙が一枚。ただ短い礼の言葉が、大きく三行に分けて書かれてあるだけだった。

斎藤はそれ以上、カイ子の行方をさがさなかった。それがお互いのためなのだと自分にいい

聞かせた。

（北海道であいつは暮らしていた。俺がつけた繭玉カイ子という名をつかって……）

そこからなにか読みとる術を斎藤はもたない。ただ関係が潰える以前の弱々しいカイ子の笑顔が、ぼんやり浮かぶばかりである。

函館駅から下りの普通列車に乗り換えると、海はすぐに遠ざかっていく。二十分ほどかけて市街地を抜け、国道が線路との併走をあきらめるや、のどかさを絵に描いたような田園風景が視界にひろがった。

線路からそれほど遠くない場所に、いくつかの棟に分かれた、レンガ色の外壁を基調とする建造物がみえた。田んぼに囲まれたひろい敷地。学校かなにかだろうか。

その敷地の、線路に近い片隅に、小高く盛り土をされた場所があった。近くに重機がとまっていて、なにか吊りあげる準備をしている。斎藤はカバンから小型の双眼鏡をとりだした。重機が吊るそうとしているのは石碑のようだ。刻まれた〈慰霊〉の字をみてとることができたのは、駅に近づき、列車がすでに速度を落としていたからだった。

田んぼのパッチワークの継ぎ目のような線路が、山裾を大きく曲がりはじめる直前に、小さな駅舎があった。降りたのはほんの数人。無人の改札の向こうで、ひとりの少年が斎藤を認め、ぺこりと頭をさげた。東京を朝六時台の新幹線で出発して、時刻はもうじき午後四時になろうとしていた。

「こんにちは。オダマンナ斎藤です」

「な、ナニサマバッタです。おいそし、おいしい……お忙しいところ、わざわざきていただいてあがとりい……ありがとうございます」

バッタくんは笑ってしまうくらいカチコチだった。学生服を着ていないので、一度帰宅してから迎えにきてくれたのだろう。中学生にしては小柄なほうか。丸顔に大きな耳と大きな瞳。ピンと立って斎藤をみあげるさまは、警戒中の小動物のようだった。

「カイ子の件で迷惑をかけたね」

「トトント、とんでもないです」

バッタくんは顔の前でばたばたと両手を振った。

「よく、すぐにぼくがわかったね」

「キョッ、去年のファンイベントの写真が『アピエ』に載ってるのをみました」

「ああ、そうか。バッタくんは、カイ子から聞いて『アピエ』を知ったんだっけ?」

「はい。『自分になにかあったら、ここに連絡してほしい』って一冊くれたのが、読みはじめるきっかけでした」

雑誌の奥付には編集部の電話番号と、編集人としてオダマンナ斎藤の名が記されている。

「カイ子がライターだったことも、そのときに?」

「いえ。そのときは繭玉さん、なにもいわなくて。ぼくが最初にもらったのは当時の……三年前の最新号だったんです。その頃は、もう記事を書いてなかったんですよね？　少し経ってバックナンバーをみたときに、名前をみつけて知ったんです」

「カイ子は五年前にやめてるんだ。うちで書いてたのは三年間くらいかな……それにしても、自分になにかあったらなんて、カイ子はなにを心配してたんだろう」

「心配してたのは、ぼくのほうなんです。町のはずれにひとり暮らしで、近くに親戚もいないっていうから。そしたら笑って、『ぼくが死んでたら、最初に発見するのはきみだろうから、どうしたらいいか教えておかなくちゃ』だなんて」

「冗談にしても酷い」

「こんなふうにいなくなったのは今回がはじめてで……ふたりで田植えをする約束だってしてたんです。ハウスのなかでくったりしてる苗をみたら只事じゃないって思えてきて……それで斎藤さんに……」

「連絡をくれてありがとう。それにしても、あいつが田植えとは意外だな」

「じつはそれも虫に関係があって」

「虫ってどういう……あ、カイ子の家に向かいながら話そうか」

「あ、はい。そうしましょう。こっちです」

駅前にあるものといえば、シャッターのおりた小さな商店と、色褪せた新幹線の描かれた大きな看板くらいのものだった。ふたりは線路と田畑のあいだを延びる人気のない細い道を西に向かう。歩きだしてすぐ、バッタくんから質問があった。

「あの……『アピエ』って、どういう意味ですか」

「まさにいまの状態さ。『歩いて』っていう意味のフランス語」

「へえ。フランス語って、ジュとかビュとか、そんな感じの言葉だけかと思ってました」

「アザブジュヴァーン」

「なんですか、それ」

「知らない？　東京の、麻布十番って街」

「あはは。知らない。ジュヴァーン」

笑い合うと急に打ち解けたような気がした。

「どうして『アピエ』って名前にしたんですか？」

「自分の足で歩いて、みて、聞いて、借りものじゃない言葉で語る。そういう精神で雑誌をつくっていこうじゃないか――そんな気持ちを込めたんだよ」

「歩くの好きですか」

「もちろん大好きさ」

「よかった。繭玉さんの家、ここから三キロくらいあるから」

「へえ……そりゃあ、ありがたいな……」

たいして暑くない五月下旬の北海道を、汗を拭いながら歩く。偉そうなことをいった手前タクシーを呼ぶこともできない。自動販売機で斎藤はジュースを二本買った。

「カイ子と知り合ったのは三年前だっていってたよね？」

「はい。町内の大学が開いた市民講座を一緒に受けてたんです。東斗理科大学っていうんですけど、知ってますか？」

東斗理科大は都内に本部を置く私立大学だ。そういえば、誘致を受けて北海道に新キャンパスを設立したという話題を、かつて雑誌の短信欄に載せた記憶がある。電車からみたレンガ色の建物が、それだったのだと思いあたった。

三年前にバッタくんが参加したのは、里山の自然をテーマにした公開講座で、半年間に亘って月に一度、大学内で開催された。

「名札に〈繭玉カイ子〉って書いてあって、びっくりしたんです」

三回目の講義で同じ班になり、お互い昆虫好きとわかって意気投合した。

「自宅でカブトムシを繁殖させてるって聞いて、遊びにいきました」

ブラキストン・ラインの北に野生のカブトムシはいない。バッタくんはカブトムシをほしがった。するとカイ子は、

――人間に棄てられ、本来その土地にいなかった生き物が定着してしまう〈国内外来種〉は

大きな問題です。ぼくがきみを信頼できるようになったらプレゼントします。それまで我慢なさい。

そういって少年を諭したそうだ。

どうしてこんな寒い土地に、カブトムシと一緒に引っ越してきたのかを訊ねると、

――逃げてきたんです。敗者が北へ向かうことは、敗北という字からも明らかです。

力なく笑いながら、カイ子はそんなふうに語ったという。斎藤の胸が痛む。

「その頃にはもう、繭玉さんは〈ホタル計画〉を進めていました」

水田にホタルが舞う、かつての里山の景色を呼び戻すこと。それがこの土地で、カイ子が抱いた夢だったらしい。

――ぼくはいろんな土地で自然保護の現場をみました。その多くは〈取り除く〉活動です。ゴミを拾う。薬を減らす。外来生物を排除する……でも一度環境が変化した場所というのは、人間が自らの過ちに気づいたときには大抵が手遅れです。

――この町も、むかしは田んぼや用水路に、ホタルやカニやドジョウがいて、豊かな生態系をつくっていたそうです。でも、いま観察できるのはヒルくらいになってしまった。だからといって、豊かになった暮らしを犠牲にしろということはできない。

――だからぼくは、他人に干渉せず、自分だけのために、新しくつくろうとしているんです。借りている家のそばに沼がある。そこを田んぼにして食べられるだけの米をつくり、わずかに

生き残った瀕死のホタル御一行様をお迎えする。こっちの水は甘いぞってね……。

「その勉強のため、繭玉さんは市民講座に参加したんです」

「バッタくんは、どうして講座に？」

「ぼくは、ほんとのところザリガニがほしかっただけ」

意味がわからなかったので重ねて訊ねると、

「小学生以下の子どもが受講すると特典があって、そのときはニホンザリガニがもらえたんです。大学の人が研究のために道内でつかまえて、繁殖させたものだって」

そんな諸々を話しながら、四十分かけて、やっとカイ子の自宅へ辿りついた。南にそびえる丘の、麓に近い斜面の一部が開け、ぽつんと一軒の古民家が建っている。日当り最悪の立地だ。屋根はすっかり苔生し、抹茶のような色合いになっていた。

なんとなく階段状に踏み固められている斜面の道をのぼり、家の前に立つ。そこから少しみおろすような位置に、なるほど一枚の水田があった。とはいえ稲が植えられていないので、実情はただの大きな水たまりだ。

「玄関の錠はかかっていませんでした。ふだんからあまり気にしない人だったけれど、何日も不在にするようなときは、ちゃんと施錠していました」

戸を開けると、黴っぽいにおいが鼻腔をくすぐり、斎藤はくしゃみを繰り返した。平屋の古い家で天井が高く、小さくみえて間取りに余裕が感じられる。床は板張りでところどころ湾曲し、歩くたびキシキシと鳴いた。台所には洗っていない食器が山となって残っていたそうだが、バッタくんが片づけ、いまはきれいなものだ。

奥の四畳半はカブトムシの飼育部屋で、腐葉土(ふようど)の甘酸っぱいにおいに満ちていた。

「サナギになってるからエサの心配はいらないんだけど、温度や湿度がわからなくて」

バッタくんはカブトムシの命を否応(いやおう)なく託された恰好だ。

隅の本棚には『アピエ』が最新号まで並んでいた。それをみて鼻の奥がツンとする。

「ええと、バッタくんが最後にカイ子と会ったのが……」

「五月十二日です」

今日が二十九日だから、二週間以上経つ。

「その日は日曜で春祭りがあったんです。神社に夜店がでて、中学生も外出が許されてたから、繭玉さんを誘いにきました。なのに『これからでかける用事がある』って断られて。どこにいくか訊いても教えてもらえず」

「カイ子はどんな様子だったかな？　楽しそうだったとか、面倒そうだったとか」

「そわそわしてたことは間違いないです。ぼくがなにをいっても上の空って感じ。大発見にも、ぜんぜん食いついてくれなかった」

「大発見？」

「はい。田んぼに緑色の光をみたんです」

「えっ！　それ、ホタルじゃないの？」

「ぼくもそう思いました。家の前から田んぼをみおろしたときに気づいて、急いで繭玉さんに報告したのに、『車のライトでも反射したんじゃない？』って、それだけ。たしかにまだホタルが飛ぶ時期じゃないけど、さすがにちょっと腹が立った」

「様子がおかしかったのは、その日だけ？」

「いわれてみれば、それ以前から少し変だったかも。ゴールデンウィーク前はいつもどおりだったけど、連休明けにきたときには、なんとなく不機嫌で。田植えの予定も延期だっていうし、ぼくが家にいるのが邪魔だったのか、めずらしく買い物とか頼んできて」

「買い物って？」

「カメラのフィルム」

　さがしてみると、カメラはすぐにみつかった。居間の、かつて神棚だったと思われる板の上から、黒い紐が垂れていたのだ。しかしフィルムが入っていない。現像済みだろうかと今度は写真をさがしはじめて、ふと壁の時計が目に入った。

「わっ。もう六時過ぎだ」

「まだ平気。ぜんぜん明るいよ」

「中学生だろ？　今日はここまで。ぼくもそろそろ宿にチェックインしなきゃ」

斎藤は駅前の旅館を予約していた。駅前のどこに旅館があったのか、さっきはぜんぜんわからなかったけれど。

「タクシー呼ぼう」

「贅沢だよ」

「正直いうと、おじさん今日はもう歩けない。ここの電話、つながるかな」

年代物の黒電話の回線は生きていた。電話帳は電話の下に敷いてあった。バッタくんとふたりでなんとか場所を伝えると、タクシー会社の人間は、「あの家、人が住んでたんですか」と、ずいぶん驚いていた。

外にでるとバッタくんが、「せっかく育てた苗、もうダメかなあ」と嘆いた。田んぼの近くに小さなビニールハウスがあり、そこで育苗しているのだという。

タクシーはすぐにやってきた。鮮やかな黄色いタクシーだった。バッタくんが、

「『アピエ』と同じ色だ」

と嬉しそうにいった。『アピエ』の表紙カラーとデザインは、『ナショナルジオグラフィック』誌に多大な影響を受けている。

「さ、いこうか」

「………」

「どうしたの？」

「ちょ……ちょっと待ってて！」

バッタくんが、なにかに気づいた様子で家に駆け戻った。あとを追い、脱ぎ散らされた靴を揃えてやりながら室内に呼びかけると、少年は一冊の『アピエ』を手に戻ってきた。

「思いだしたんです。繭玉さん、大事なものは『アピエ』にはさんでおくの」

息を切らして少年が雑誌を開く。そこにはたしかにネガがはさまっていた。

走りだしたタクシーの車内で突然バッタくんが、「繭玉さんが消えたのは、ぼくのせいかもしれない」といいだした。

「ぼく、この町でずっと育ったわけじゃないんです。小学生の頃、前の学校に馴染めなくて、お父さんとお母さんが、田舎の学校がいいんじゃないかって考えてくれて……それでぼくひとり、本州から祖父母の家があるこの町に」

「そうなの」

「少し前に繭玉さんのこと、うっかり『お父さん』て呼んじゃったことがあって」

「あるね。そういう呼び間違い」

「繭玉さん、すごく困った顔して。『ぼくはきみにお父さんと呼ばれるような立派な人間じゃない』って。そういわれて思ったんです。ぼく、自分でも気づかないうちに、繭玉さんに依存しすぎてたのかも……少なくとも繭玉さんはそう感じていたのかも」

うつむいていたバッタくんが、大きな瞳を斎藤に向けた。

「繭玉さんは、ぼくが鬱陶しくなったんじゃないかな。ぼくを重荷に感じはじめたんじゃないかな。だったら、さがすようなこと、しちゃいけないのかもしれない」

重荷という言葉に、カイ子にプレッシャーを与えた過去が甦る。斎藤はバッタくんの肩に手を置き、「そんなはずがない」と、つよく首を横に振った。


バッタくんを降ろしたあと、カイ子の家に引き返してもらうよう運転手に頼み、雑誌を開いた。目がいったのは、ネガよりも記事のほうだった。「カブトムシの幼虫は二本の角の夢をみるか?」——斎藤が掲載を決めたカイ子のデビュー作。

なんでここにはさむかな。思わぬカウンターパンチ。偶然? そんなわけあるか。でも、だったらなぜ? どんな気持ちで大事なものをこのページに?

カイ子の家につきタクシーを帰す。まだ日没間際だというのに、日当り最悪の家は、すっかり夜のなかにあった。奥の四畳半に入って蛍光灯をつけ、あらためて本棚を眺めると、『アピエ』に二冊の欠番があることに気づいた。一冊は三年前の号。これはきっと、出会った頃バッタくんにあげたという号だろう。もう一冊欠けているのは、まだカイ子が連載をもっていた当時の号だった。

古い号をぱらぱらとめくりながら、もしかしたらこの瞬間にカイ子が帰ってくるかもしれない。そのとき自分はなにを話すだろう……そんな詮無いことを考えた。

ほんの十五分ほどで、居間の電話からふたたびタクシーを呼び、外にでた。あたりを見回し、暗闇に沈んだ田んぼにふと目を向けた、そのときだった。

小さな緑色の発光体が、まるで星座の点と点を結ぶように、光の尾を描いた。

斎藤は思わず「あっ」と声をあげ、カバンの双眼鏡をつかんだ。しかし光はすぐに消えてしまった。

やってきたタクシーの運転手は、さっきと同じ人物だった。

「すみません。今度こそ駅前へ」

「毎度あり」

宿はたしかに駅前にあった。シャッターの閉まった商店の二階が、じつはそうだったのだ。女将（おかみ）に、このあたりにフィルムの現像を頼める店はあるかと訊ねたら、

「それならおあずかりしますよ。これから街にいきますので、ついでにだしてまいります」

と引き受けてくれた。

夕食のときに日本酒を飲んだら、昨日からの疲れがどっとでた。いつの間にか眠ってしまい、目覚めたら深夜だった。慌てて風呂に入り、部屋に戻って冷蔵庫からビールの大瓶を抜く。八百円也（なり）。仕方ない。冷えは悪く、コップにそそいだビールは泡だらけになった。ひとり、乾杯

の仕草でコップをかかげる。形はどうあれ、カイ子の人生とふたたび交わることになったこの日に——ビールはただただ苦かった。

眠れぬ予感を抱きながら、『アピエ』をパラパラめくったことは憶えているが、せっかくの大瓶を半分以上も残し、気づけば朝になっていた。


朝食のため食堂に出向くと、女将が写真の入った袋を渡しにきた。袋はふたつあった。ネガはフィルム二本分あり、それぞれ分けてくれたのだ。

ひとつ目の袋を開ける。できあがったプリントはわずか四枚。

一枚目と二枚目は……田んぼの写真だった。一枚目がほぼ全景。二枚目はかなり寄ったもので、小魚が写り込んでいる。山から水を引いているとバッタくんがいっていたから、一緒に流れてきたのかもしれない。

三枚目と四枚目は……暗い画面のなかに、ぼんやりと明るい部分があるような気もするが、なにを撮ろうとしたのかは、まったくわからない。

二十四枚撮りのフィルムを二十枚も残して現像にだしたからには、すぐに写りを確認したかったと推察されるが、いずれも撮り損じと思えるような出来だった。

つづいて、ふたつ目の袋を開ける。こちらも入っていた写真はたったの三枚。

一枚目……列車の窓からみえた、あのレンガ色の建物が写っていた。

二枚目……やや高い位置から、地面に向かっての撮影。なにかの建設現場だろうか。周囲に白いビニール製の幕が張られ、その内側の地面の一部が、ロープで方形の区画に仕切られていた。

そして三枚目……デスクの前に腰掛けた白衣の男性。気どったような頰杖をついているが笑顔はぎこちない。白髪（しらが）まじりの緊張した表情。年齢は五十代といったところか。

写真の下の隅に日付が印字されていた。ひと袋目の写真はどれも五月八日に撮られたもので、ふた袋目のものはすべて五月十日に撮影されている。

斎藤は食堂をでて女将をさがし写真をみせた。

「この建物なんですが」

「はいはい、そこの東斗理科大学ですね」

やはりそうだった。

「こちらの男性はご存じないですか」

「ああ、長下部（おさかべ）先生ですね」

「お知り合い？」

「正式に着任される以前に何度か町にいらして。そのとき泊まっていただきました。ほんとうに残念なことで……」

「残念……というと？」

「だってそうじゃないですか。このあいだやっと教授に出世して、国のなんとか委員にも選ばれて、これからうんと偉くなる先生でしたのに。出張先で急に亡くなられてしまうなんて……あら、ご存じありません？」

ごく最近、カイ子が会ったと思われる大学の研究者が、その後死亡していた。そのこととカイ子の失踪に関係があるのか。とにかくなにか情報がほしかった。

ホテルの部屋から編集部に電話をかけた。誰もでない。『アピエ』のスタッフは、締切りの峠を越えた直後は、まず定時に出勤してこない。斎藤自身がそういった慣習をつくってしまったので文句はいえない。

女将にさがしてもらった二日前の朝刊にあらためて目をとおす。「東斗理科大学教授　出張先の宿で変死」——三日前の五月二十七日のことだった。

朝八時頃、学会参加のため宿泊していた旭川（あさひかわ）市内のホテルで、朝食の席にあらわれない長下部教授（五十五歳）を心配した同行者が、ホテル側に依頼して部屋を確かめてもらった。教授は鍵のかかった室内のベッドに意識不明の状態で横たわっており、救急搬送されたが、その後死亡が確認された。警察は事件性の有無も含め慎重に捜査を進める方針。教授の専門は発生生物学で、国が今年度中に発足する予定の〈生物多様性確保のための規制検討委員会〉の委員に内定したと一部で報じられ……云々（うんぬん）。

ふたたび編集部に電話。応答なし。どうやら大学を直接訪ねたほうがはやそうだ。誰に会ってなにを訊く……考えるより先にタクシーを呼んでいた。車移動しておいてなんだが、情報は足で稼ぐ、それが『アピエ』の精神だ。

正門のすぐそばにある事務所で、長下部教授の研究室の場所を訊ねた。訃報を受けて人の出入りが多くなっているのか、とくにこちらの身元を質されるようなことはなかった。パンフレットを一部もらう。五年前に完成した北海道キャンパスには大学院機能の一部が東京本部から移設されたらしい。長下部教授の部屋があるのは、門からいちばん遠い、線路寄りの理学研究棟だった。

エレベーターで三階にあがり、まっすぐ延びた廊下の窓からみおろす敷地の隅に、真新しい石碑がみえた。角度が悪く刻まれた文字は読めないが、列車の窓からクレーンで吊るしているのをみた、あの石に間違いない。

もうひとつ、わかったことがある。カイ子が撮影した建設現場のような場所が、あそこだということだ。石碑の方形の土台と、写真の方形の仕切りが合致する。撮影時は基礎づくりの段階で、周囲に張られたビニール幕は、穴を掘る際の土埃対策だったのだろう。

そんなことを考えながら、なおも双眼鏡を覗いていると、

「今朝、除幕式だったんです」

と背後から声をかけられた。振り返ると、女性が青いバインダーを手に微笑んでいた。Vネ

ックの薄手の黒ニットと細身のデニムの上に、ボタンを留めず白衣を羽織っている。背が高いせいで、白衣はずいぶん短くみえた。彼女の笑顔に甘え、

「あれは、なんの碑ですか」

と質問してみる。

「実験動物の慰霊碑です」

「ああ……〈動物塚〉ですか」

それを聞いて、カイ子が写真を撮った理由もわかった気がした。農作物の害虫の慰霊碑を〈虫塚〉と呼ぶのだが、カイ子はそれに興味をもって、むかし記事にしたことがある。

「動物というと、たとえばどんなものが」

「この学内でつかっている、あらゆる動物です。魚類に両生類、哺乳類(ほにゅうるい)ならマウスにラット、ウサギにブタ……あとはそう、ハエやホタルなんかも祀(まつ)っています」

「……ホタル？」

「うちの研究室でホタルの遺伝子を実験材料につかっているんです。もっともいまは、生きたホタルをすりつぶして成分を抽出するなんてことはしませんが」

「あの……もしかして、長下部先生の研究室のかたでは？」

もし長下部がホタルの研究者なのだとしたら、カイ子が彼に会おうとした理由はじゅうぶんある……そう思って訊いてみると、案の定、女性は「はい」とこたえた。

「うちの研究室を訪ねてらしたんですか？」

慌てて名刺をだす。

「突然失礼します。『アピエ』という雑誌の編集長をしている斎藤と申します。このたびはとんだことで……ニュースで先生の訃報を知りまして……」

「まあ、『アピエ』の。先生とは以前からお付き合いが？」

「いや、じつはこれからお付き合いさせていただこうと思っていた矢先なんです。取材を申し込んでいたのですが、実現する前にこんなことに……。昨日からべつの仕事で函館にいたのですが、東斗理科大が近くにあると聞いて、お悔やみだけでもと伺った次第です」

「そうでしたか。取材の申し込みがあると、必ずわたしに報告があるはずなんですけど……初耳でした」

口からでまかせなのだから、初耳で当然だ。

「申し遅れました。研究室で助手をつとめている千鶴原（ちづはら）といいます。どうぞこちらへ」

くるりとこちらに背を向けて歩きだす。うしろで縛った長い髪が足音に合わせて揺れた。案内されたのは、廊下の突き当りにある〈発生生物学研究室〉と掲示された部屋だった。実験室ではなく研究生のための居室らしい。

「教授が突然亡くなられたのでは、たいへんでしょう」

「ええ。騒がしいわりに詳しい事情は伝わってこなくて。学生にも急ぎの実験がないかぎり休んでもらっています」

切れ長の目の下に静脈が透けて、白い顔に濃い隈ができている。二十代にも思えるあどけない顔立ちをしているが、首にできた皺が、そこまで若くないことを伝えていた。

「先生は単身赴任で、奥様と娘さんが東京から旭川にきているのですが、まだ遺体を引きとることもできなくて……」

「なにか不審な点でもあったんでしょうか」

「睡眠薬を多量に服用して中毒を起こしたようなんですが……警察も事件性を慎重に判断してから遺体を戻したいのではないでしょうか」

「というと他殺の可能性が？」

「実際には、それはないと思います。ホテルの部屋はきちんと施錠されていたといいますし、鍵もベッドのそばにあったと聞いています。それに先生が睡眠薬を乱用気味だったことは、わたしも承知していましたから」

「依存症……のような？」

千鶴原は小さく首を横に振った。

「そこまで深刻には捉えていませんでした。先生の憔悴がみてとれるようになったのは、ごく最近のことです。学会の準備があって、一過性の睡眠不足になっているのだろうと思っていましたから、今回の出張が済めば戻るものと軽く考えていました」

「大切な発表を前に、じゅうぶんな睡眠をとろうとして、薬を多量に服用した?」

「そこがわからないんです。注目を集めていたとは思いますが、そこまでして眠らなければならないような……講演のように何時間も喋りつづけるわけじゃありませんので」

「妙ですね。今回はどのような発表を予定されていたんですか」

「遺伝子組換え技術を用いた、魚類の胚発生の研究成果です」

胚発生とは、単純にいえば受精卵から子どもが生まれる過程のことだ。精子と卵子がそれぞれもつDNAから、新たな生命が誕生するプロセスであり、研究上の興味は尽きない。

それはいいとして、いま千鶴原は「魚類」といわなかったか?

「……魚ですか、ホタルの研究ではなく?」

「あら。取材を申し込んだわりに、先生のことをよくご存じないようですね」

千鶴原がくすりと笑う。斎藤はひやりとした。

「うちでは〈ゼブラフィッシュ〉という体長五センチほどの魚を研究しています」

ゼブラフィッシュという言葉に記憶が刺激された。最近どこかで目にしたような……。

「観賞用の熱帯魚としても売られている、日本でいえばメダカのようにポピュラーな魚です。この魚をつかい、受精卵から稚魚が誕生する過程で、臓器がどのように形成されるのかを解明することが、当研究室のテーマです」

「しかし、先ほどホタルをつかっていると」

「ホタルは研究対象ではなく、研究のための道具です。わたしたちの実験では、ホタルの〈ルシフェラーゼ〉という遺伝子を、遺伝子組換え操作によってゼブラフィッシュの受精卵に組み込み、観察や解析に役立てているんです」

ゼブラフィッシュ、遺伝子組換え、そしてルシフェラーゼ……記憶の抽斗（ひきだし）が開く。そうか、あの文章のなかに……。

「ルシフェラーゼというと……たしかホタルの発光に関わる物質では？」

「そのとおりです。よくご存じで」

魚でありながら一部にホタルの遺伝子をもつ、自然界には存在しない生物。それをこの研究室でつくっているのだと、千鶴原はいっているのだ。

「すると、その魚は……」

「体の一部が光るようになります」

黙り込んだ斎藤をみて、千鶴原がまた微笑む。

「べつに光らせて遊ぶわけではありません。光はあくまで〈目印〉なんです。わたしたちが調べたいのは、魚の受精卵に含まれる、ある種のタンパク質の働きです」

千鶴原は近くにあったホワイトボードへ移動した。

「わたしたちが興味をもっている、そのタンパク質の名を、仮に〈P〉としましょうか」

千鶴原が、黒のマーカーでPと書いた。

「この〈P〉に、遺伝子組換えでルシフェラーゼをくっつけてやると、このように〈発光するP〉をつくることができます」

そういって今度は緑色のマーカーをつかい、Pを丸でぐるぐると囲む。

「たとえば、この〈P〉が卵のどこに存在しているかを知りたいとします。特定の場所に集まっているのか、それとも全体に散らばっているのか? そんなとき、〈発光するP〉は、自ら光って存在をアピールしてくれますから、みつけるのがとても簡単なわけです」

「なるほど。みえないものを可視化するために、ホタルの光をくっつけてやると」

「ライトをつけた自転車と無灯火の自転車。夜道で向かってきたら、どちらのほうが気づきやすいか。そんなイメージでけっこうです」

「……ところで、その技術をつかい、魚の全身を光らせることも可能ですか?」

斎藤がぶつけた質問に、千鶴原は軽く首を傾げた。

「可能でしょうが、研究上の意味は、あまりないと思います。狙った物質だけを目立たせて見分けられるようにする……そこがこの技術の妙味なわけですから」

「ごもっとも。遺伝子を組み換えられた魚は、その後どのように扱われるんでしょう」

「実験を終えれば、稚魚の段階ですべて殺してしまいます。自然界には存在し得ない、いわば人工の生物ですから、生きたまま管理区域外へだすことはありません」

「誤って外部に流出することは?」

「高圧高温による殺処分ですので、万にひとつも生き残れません」

「実験室をみせていただくことは」

「申し訳ありませんが……そういえば少し前にも、突然ゼブラフィッシュについて話を聞きにきたかたがいました」

挑むような千鶴原の視線に、思わず緊張がはしる。

「そのかたも『アピエ』の関係者じゃなかったかしら？　自分がライターであることを証明するのに、雑誌を一冊もっていらしたんですよ。たしか繭玉カイ子さん——とか」

「うちでむかし働いていたライターです。彼はここへ取材にきたんですね？」

斎藤は平静を装ってこたえた。

「ええ。記者らしくないかたでした。町内に住んでいて、先生の市民講座を聴講したことがあるとおっしゃってました」

「ほう。長下部先生も講座を担当されるんですか」

「先月が先生の担当でした。魚類の発生学について中学生でもわかる程度の内容を。繭玉さんは、それも聴きにいらしたそうです」

「カイ子の取材の内容はわかりますか？」

「さあ。同席したわけではないので」

「……じつは、その繭玉カイ子の行方がわからなくなっているんです。なにか心当りはないでしょうか」

　途端、千鶴原の表情が険しくなった。

「もしかして斎藤さん、ほんとうはそれを訊くのが目的で、こちらにいらしたのでは？」

「……じつは、それもありまして」

「こんなときに、ずいぶんな搦め手をおつかいになるんですね」

「気分を害されたなら……」

「当然です。申し訳ありませんが、お引きとりください」

　研究棟をでて、公衆電話から編集部に電話をかけた。今度はすぐ電話口にでたスタッフが、どうしてはやく連絡をくれないのかと文句をいってきた。

「小言はあとで聞く。次号の特集の穴埋めに載せるコラム、アレ書いたの誰だ？」

『げっ、まさかの逆小言ですか。ぼくですけど、いまさらなにか問題でも？』

「近くに原稿あるか？　ちょっと読んでみてくれ」

『え？　いまここで読むんですか？　うそ、照れる』

「さっさと読め」

『ちょっと待ってくださいよ。ええと――その安全性に関する評価も、国民への説明も曖昧なまま、遺伝子組換え作物の輸入に向けた動きが活発化している。だが暮らしのなかに入り込んでくるのは野菜だけにかぎらない。遺伝子組換えによってつくられた動物が、すでにペットとして家族の一員になっているというのだ。

東南アジア原産の熱帯魚ゼブラフィッシュは、小型で飼育も容易なため観賞用として人気だが、見た目の地味さが玉に瑕だった。しかし、その人工ゼブラフィッシュは、ホタルの発光に関わるルシフェラーゼという酵素を体内にもち、暗闇で光り輝くことができるという――まだ読みます？』

「いや、いい」

ゼブラフィッシュにルシフェラーゼ、どうりで最近読んだ気がしたはずだ。

千鶴原は全身が光る魚をつくることに研究上の意味はないといった。だが、少なくとも商売上の意味はある。

「この話、たんなる噂レベルじゃないんだな？」

『とんでもない。うちの精神は〈足で稼ぐ〉じゃないですか。いまだ実物にはお目にかかれていませんが、取材は継続しています。ゼブラフィッシュっていうのは、名前のとおり縞模様のある小魚ですが、観賞用のほか試験研究にも有用な動物で……』

「知ってる。専門家にご高説を賜ってきたばかりだ」

『へえ。誰にですか』

「東斗理科大の助手」

『えっ、東斗？　もしかして、長下部教授のところですか』

「ああ」

『こりゃ驚いた！　さすがですねえ編集長。環境庁も問題を把握してはいましたが、海外ルートでの供給と判断し、遺伝子組換え作物の件でセンシティブな時期というのもあって、静観のかまえだったんです。それがここにきて国内にも供給源がある可能性が浮上し、仕方なく重い腰をあげた。ところが、動きを察知した卸業者からバイヤーへと情報が伝わり、製造元の耳にまで届いた……』

　スタッフの熱っぽい語りを聞きながら、斎藤は頭の片隅が冷えていくのを感じていた。

『……ぼくもやっと、製造元につながる糸を手繰りはじめたところだったんで、ショックですよ。大学の研究者が関わってるって噂は以前からあったんです。このタイミングで死亡したことを考えれば、長下部教授と考えてまず間違いないでしょうね。でも、まさか編集長もこの件を調べてたとは思いませんでした……あれ？　ちがうんですか？』

*

　編集部のドアを開けると、スタッフが目を丸くして斎藤をみた。

「なんでここにいるんですか」

「編集長が編集部にいて、なにが悪い」

「だって昼の電話で、まだ北海道にいるつもりって」

「飛行機がとれたもんでな」

斎藤は自分のデスクのいちばん下の抽斗を開け、書類の底にしまってあった封筒をとりだし、カバンに入れた。

「長下部教授の論文のコピーがあるっていってたな。貸してくれ。移動中に読む」

「いいですけど……ん、移動？」

「北斗星（ほくとせい）がとれた。北海道にいってくる」

「はいい？」

言葉を失ったスタッフに見送られ、斎藤は上野駅へ急いだ。

＊

五月三十一日、金曜日。早朝の函館駅から普通列車に乗り換え二十五分。無人駅にひとり降り立ち、まっすぐ駅前の旅館に入る。

「あらお客さん。東京にお帰りになったんじゃ？」

「また一泊お願いします」

電話を借りてタクシーを呼んだ。すっかり馴染みになった運転手がやってきた。

「毎度あり。また、あの家かい？」

タクシーを降り、カイ子の家のなかでちょっとした作業を済ませてから、持参したタモ網を手に田んぼに入った。前屈みでゆっくり水のなかを歩く。二時間さがしてやっと一匹つかまえた魚を、カイ子の写真の魚と見比べる。同じものだ。水と一緒に魚をガラス容器に入れ、家に戻ってひと休みした。一度横になると、もう立てる気がしなかった。

寝台特急ではほとんど寝られなかったこともあって、いつしか深い眠りに落ちてしまい、気づくと二時を過ぎていた。そろそろいかなければと、またタクシーを呼び、東斗理科大に向かった。

研究棟に入る前に、動物塚で掌（てのひら）を合わせた。真新しい慰霊碑はどこか空々しく、基礎工事から間もない踏み固められた地面には、雑草すら生えていなかった。

昨日と同じ部屋を訪ねると、千鶴原はなにやら片づけものの最中だった。

「またいらしたんですか？」

「長下部教授の資料の整理ですか」

「いいえ。これはわたしの。助手だけでは研究室を維持できませんから。じきにここをでることになります」

「じつは今日も、気分を害されるだろう話をしにきました」

彼女は斎藤がもっているガラス瓶に目をとめた。

「それは……ゼブラフィッシュですね」

そう口にした彼女の顔からは険が消え、どこかあきらめたような穏やかな表情に変わる。

「今日は学生がいるんです。教授の部屋を借りましょうか」

窓にブラインドがおりて薄暗い教授の部屋には、中央にテーブルをはさんでソファーが二脚あり、衝立(ついたて)がわりの書棚の向こうに、デスクと冷蔵庫が置かれていた。千鶴原が、蛍光灯をつけてドアを閉めるなり、「その魚、繭玉さんの家から？」と訊ねてきた。ふたりはソファーに腰掛けることなく話しはじめた。

「つかまえてきたんです。自分で」

「それはご苦労さまでした」

「カイ子も同じように魚をもってきたんじゃないですか」

「そうですね」

「カイ子と教授がなにを話したのか……千鶴原さんはご存じなんでしょう？」

「だいたいのことは先生から聞きました」

「この魚を田んぼでみつけたとき、カイ子はずいぶん驚いたと思います。なにしろ東南アジア産の熱帯魚ですからね。当然、誰かが飼っていたものを棄てたのだろうと考えた」

あるとき急に不機嫌になったカイ子——。

「その時点では、それほど大きな危機感をもってはいなかったかもしれません。熱帯魚が北海道の冬を越えて繁殖をつづけられる可能性はかなり低いですから、放っておいてもすぐに死んで、生態系に影響を与えることもないだろう……と。しかし、この魚がたんなる外来種ではないことに気づいて、彼は問題を放置することができなくなった」

バッタくんにフィルムを買ってきてくれるよう頼み——。

斎藤は窓に近づいた。ブラインドに重ねて厚いカーテンを引き、ドアのところに戻って蛍光灯を消した。ガラス瓶を千鶴原に向けて突きだす。

「どうです?」

「どうですって……なにも起きていませんけど?」

ただ暗い水のなかを、影のような魚が漂っている。

「論文を読んで少し勉強してきました。ホタルのルシフェラーゼは、それ自身が光るわけではないそうですね。もうひとつの物質と反応することで、はじめて発光現象が起こる」

千鶴原の表情もまた、薄い闇に沈んで定かでない。

「ホタルは両方の物質を体内で合成しているから、自家発光することができる。しかし、遺伝子組換えでつくられたこの魚は、ルシフェラーゼのほうしか体内で合成できない」

魚が跳ねて瓶の水が揺れた。

「つまり、この魚を光らせるためには、もうひとつの物質を外部から与えてやる必要があるということです。教えてください。どうやるんですか?」

千鶴原は小さく息をついた。ため息か、笑いが漏れたのか。彼女はデスクのそばの冷蔵庫の冷凍室を開け、小指の先ほどの小さな容器をとり、左手に握り込んだ。

「すぐ融(と)けます」

彼女はつづけてデスクの抽斗から、ごく少量の液体を扱うことのできるマイクロピペットという器具をだして、チップと呼ばれる先端部分をとりつけた。

「この液体には、あなたのいうもうひとつの物質……〈ルシフェリン〉という物質が含まれています。これがルシフェラーゼと反応し光を発します」

先端のチップ部分を容器に挿(さ)し込み、ノック式のペンを扱うような親指の操作で、なかの液体を吸引する。

「その蓋(ふた)をとってください」

斎藤はいわれるままガラス瓶の蓋をとった。千鶴原が、チューブから採取した微量の液体を、魚の泳ぐ水中に落とす。はじめはぼんやり、やがてはっきりと、ゼブラフィッシュが緑色に輝きだした。

「これは……すごい」

「魚は絶えず水を体内に吸い込んでいますから」

カイ子は田んぼでこの光をみた。光る魚が泳ぐのをみたのだ。

「長下部教授の市民講座に参加したことがあるカイ子は、魚が研究所から流出した遺伝子組換え生物ではないかと推測した。もっとも流出経路までわかっていたかは不明です。かくいうぼくも、そこがわからない」

「講座の参加者に配ったんです」

「え？」

「先月の講座にきてくれた子どもに、ゼブラフィッシュをプレゼントしました。理科の学習に役立つんですよ、メダカみたいなもので」

——小学生以下の子どもが受講すると特典があって、そのときはニホンザリガニがもらえたんです。

バッタくんが話していたことを思いだす。

「もちろん、遺伝子組換えフィッシュを配るつもりはありませんでした。観賞用に販売されているものを準備していたんですが、取り違えがあったようで。おそらく学生が誤って混ぜてしまったのではないかと」

「魚をもらったはいいが、家で飼うことを許されなかった子どもが、カイ子の田んぼに魚を放した……そういったところですかね」

「たぶん」

「それにしても管理が杜撰すぎませんか？　特定の区域内に閉じ込めておくとか、そういった説明があったはずですが」

「管理区域内に、なんの実験につかうのかわからない成魚が大量に飼育されていたら、学生が不審に思うじゃないですか。彼らは遺伝子組換え生物の取り扱いについて、じつに真面目なんです」

「………」

「なので稚魚の段階を終えた時点で、長下部先生専用の試験材料として一般の実験室に移し、出荷までそこで飼育していたんです。これまで今回のようなミスは起きていませんでしたから、油断していました」

千鶴原が、蛍光灯は消したままカーテンだけを開けた。瓶の魚は、もう光ってはいない。

「魚を回収するという考えはなかったんですか」

「回収の理由をいえません。それに先ほどみていただいたとおり、この魚が光るのは、ルシフエリンという化学物質を外部から与えてやったときだけ。ただ飼っているぶんには、ふつうのペットとなんら変わりないんです。放置しても事態が発覚する危険性はない……そう判断しました。だから繭玉さんがこの件でいらしたとき、どうしてわかったのかと、先生は心底動揺してらっしゃいました」

「現在、販売用の遺伝子組換えフィッシュは？」

「ここにあったぶんは、すべて殺処分しました。じつは環境庁が調査に乗りだすという噂があるんです。実験ノートや取り引きの帳簿類と合わせて、みんな廃棄しました」

「証拠はない、ということですか」

「そう思ったのですが……」

千鶴原が悩ましそうな視線をガラス瓶の魚に向けた。

「……とはいえ、わたし自身は先生に命じられるまま補助をしていただけ。まさか金儲けの道具をつくっていたとは知らなかった……追及されても、そうこたえるだけです」

「しかし調査の噂がひろまれば、研究者としてのダメージは大きいのでは？」

その問いに千鶴原は口もとをほころばせた。

「もうじき結婚するんです。仕事をやめてほしいといわれ、しばらく迷っていたんですけど、結果的には悪くないタイミングでした」

「……悪いことをしたという認識は、あまりないようですね」

「遺伝子組換え作物の輸入が解禁され、自然界の遺伝子が汚染されるリスクが現実的になっているというのに、規制する法体系はととのっていない。取り締まる法がない以上、わたしたちの行為も犯罪にはなりません……それなのに、藺玉さんが魚をもってきて以来、眠れなくなるほど不安になって。当局の手が伸びるという噂を耳にしただけで自殺してしまうなんて……正直、先生がこれほど気の小さい人だとは思いませんでした」

千鶴原の鼻から、嘲るような笑いが漏れた。

「社会的地位のある教授が、なぜこんなことに手を染めたんでしょう」

「先生が国内で認められるようになったのは、ごく最近のことです。五十五歳で教授になるというのは、決してはやいほうではありません。先生が研究材料に選んだゼブラフィッシュは、世界的に用いられるモデル的な魚類ですが、日本の研究者のあいだでは、伝統的にメダカがよくつかわれてきました。ということは、国内の小型魚類研究者の権威には、メダカ派の人間が多いということです」

「研究の世界にも派閥があり、そのせいで冷遇されてきた……と?」

「もっとも、先生の被害妄想だったかもしれません」

そう註釈を入れ、彼女はつづけた。

「研究費の面で苦しい時代があり、業者とのつながりはその頃に。潤沢な予算を得られるようになっても、これまでのことを密告すると脅(おど)されれば、足を洗うこともできず」

「先ほど、教授の死を自殺とおっしゃいました」

「警察は事故で処理する方針のようです。今朝、先生の奥様から連絡が」

「しかしあなたは、ちがうと思っている。なにか根拠が?」

「先生は、ご自分の遺体の処理をわたしに命じたんです」

「まさか……ほんとうですか?」

「あの夜、わたしの家に旭川のホテルから電話がありました。すでに睡眠薬を服用していることことはすぐわかりました。呂律が怪しく、なにを喋っているのかよく聞きとれませんでしたが、それでも、こういったのはわかりました。『遺体を動物塚に埋めて』――と」

「……あの慰霊碑に？」

「薬のせいで、まともな思考状態ではなかったのだと思います。そんなこと、わたしにできるはずがないのに」

　薄暗い部屋のなか、最後に彼女が漏らした笑いは、どこか嗚咽に似ていた。


　夕方、千鶴原との話を終えて宿に帰ると、女将に「会社のかたから電話がありましたよ」といわれ、伝言を渡された。至急藺玉カイ子宅に連絡されたし。番号は〇一三……指示どおりにすると、すぐにバッタくんがでた。

「ああ、斎藤さん！　よかった。もうこっちに戻ってきてるんですか？」

　興奮しているのか、声がうわずっている。

「うん。さっきついて、大学にいって戻ってきたところ」

「たいへんなんです。藺玉さんが、帰ってきたみたい」

「え！」

「でもまた、いなくなった。今度こそ、ちゃんといなくなった」

タクシーを呼び（まったく贅沢な旅行だ！）、カイ子の家に向かう。玄関先で待っていたバッタくんに「はやく」と促され居間に入ると、卓袱台に一枚の紙がみえた。

「繭玉さん、一度帰ってきて、これを書いて、またでていったみたい」

斎藤は、正方形に近い形をした、その紙を手にとった。横書き二行に分けて、

〈三年間／ありがとう〉


そう書かれていた。

「間違いなく繭玉さんの字です。ぼく、わかります」

「三年間……たしか、バッタくんとカイ子が知り合って、そのくらいだったね」

「はい。どうして……どうして……」

斎藤は意を決して、千鶴原と話した中身を伝えはじめた。急ぎ足にならぬよう、丁寧に話した。そうしなければ、カイ子がいなくなった理由を、納得してもらえないだろうと思ったからだ。

「五月十日、カイ子は田んぼでつかまえたゼブラフィッシュと一緒に、取材名目で研究室を訪ねた」

二本目のネガの、長下部教授の写真。

「でも教授は、魚が研究室から流出したものだとは認めなかった。カイ子が現物を前に主張したところで、ルシフェリンを与えてやらなければ魚は光らない。光らないかぎり、見た目はふつうの魚と変わらない。その場で教授を追い詰める材料にはならなかった。田んぼで光っている最中の写真も、上手く撮れていなかったから証拠にならない」

一本目のネガの、撮り損じの黒い写真。

「しかし現物が捕獲されてしまっている以上、事実が明るみにでる可能性は消えない。加えて役所の調査が及ぶという噂もあり、教授は精神的に追い詰められていった。その不安から多量の睡眠薬を使用するようになり、中毒状態に陥った。助手の女性は、亡くなる直前の教授から、『遺体を動物塚に埋めて』と、死後の処理を依頼されたといっている。でもそれは、薬物の過剰摂取がもたらしたうわごとで、自殺の証拠となるものではない。事実、警察は事故で処理する方針だ」

同じ死でも、事故と自殺では受けとりかたが異なる。斎藤はバッタくんに、カイ子のせいで教授が自殺を選んだとは、考えてほしくなかった。

「藺玉さんが最初にいなくなった理由は？」

「カイ子は光る魚について、独自に調べを進めようとした。つかまえた魚のＤＮＡを解析し、そのなかにホタルの遺伝子がみつかれば、遺伝子組換えがおこなわれた証拠になる。カイ子はライター時代の伝手を辿って、解析を頼める先をさがそうとしたんじゃないだろうか。それが難航した結果、長いあいだ家を空けることになった」

自分の言葉は少年に伝わっているか——斎藤は腹に力を込めて語りつづける。

「地元の大学のスキャンダルを暴こうというのだから、バッタくんには事情を話しづらくて黙って家をでた。春祭りの日、ホタルをみたと報告したきみに冷たい態度だったのも、光る魚の存在に気づいてほしくなかったからと考えれば、納得できる」

「だったら今日、繭玉さんが戻ってきたのは？」

「教授の死を知り、その事実を確かめるため」

「またいなくなったのは？」

「カイ子は自分の行動が教授を追い込み、死に追いやったんだと考えた。それが今度はカイ子自身を追い詰めた。逃げだしたくなるほどに」

「そんな……」

白い紙の、たった二行の別れの言葉に、少年がじっと目を落とす。

「でもね、カイ子はきっと帰ってくる。だってみてよ。家のなか、なんにも片づけていってない。東京からいなくなったときは、部屋をぜんぶ空っぽにしていった。だからあいつは、ここに帰ってくるつもりがある。ただそれまでには、少し時間が必要だ」

言葉を吟味して噛みしめるような少年の表情。やがて彼が小さくうなずくのをみて、自分の説明を受け入れてもらえたのだと、斎藤は膝(ひざ)から力が抜けるほど安堵(あんど)した。

「それまで、ここの家賃はどうするの?」

「うっ……ぼくが肩代わりしておくよ」

「カブトムシは?」

「引きつづき世話をお願いできないかな。カイ子もきっと、きみを信頼して置いていったんだと思う。ぼくもいろいろ調べてみるから」

「わかった」

「それともうひとつ……明日一緒に田植えをするっていうのはどう? ハウスの苗、まだなんとかなるんじゃないかな。せっかくカイ子の夢が半分叶ってホタルが戻ってきたんだから、お米をつくるっていうもう半分も、叶えておいてやろうよ」

斎藤の言葉に、バッタくんが、きょとんとした。

「ホタルが……戻ってきた?」

「だって考えてごらんよ。カイ子は田んぼで光る魚をみた。きみもぼくも、たしかに同じ光をみた。でも魚が光るためには、ルシフェリンていう物質を、外から体内に取り入れなくちゃならない。田んぼにそんな化学物質があったとすれば……理由はひとつしか考えられないだろ?」

バッタくんの顔が、ぱっと輝く。

「田んぼにルシフェリンをもっている生き物がいた。それを食べたから魚が光った!」

「この時期だから、まだ卵か幼虫かな。でも、ホタルは成虫じゃなくても光る能力をもってる。つまりルシフェリンをもっている。〈ホタル計画〉はすでに成功していたのさ」

翌土曜日は、とてもよく晴れた。朝九時、カイ子の田んぼで待ち合わせる。

苗をとりにハウスに入ると、黄色いマリーゴールドが咲いていた。去年この場所で野菜を育てたとき、一緒に植えたものが、種を落として今年も咲いたのだという。「虫除けになるんだ」と、バッタくんが教えてくれた。どこかへ植えかえたのか、ひと株ぶん掘り返したような痕が土に残っていた。

はしゃぎながら水に入り、『アピエ』を参考に（バックナンバーに米農家の特集記事があった！）素人ふたり、休憩をはさみたっぷり二時間かけて、足腰が痺れてぶっ倒れそうになりながら苗を植えた。今後ときどき様子をみにくるつもりだ。

「なんとか午前中に終わったね」

少年が泥のついた顔で笑う。

「うん。タクシーを呼ぼう」

列車の時刻が迫っていた。

十一時四十五分発、上り普通列車函館行き。発車時刻の五分前に駅についた。ほかに人の姿はない。火の用心の貼り紙と、東北観光の破れたポスター。煙突(えんとつ)をはずされたダルマストーブを囲む待合いの椅子に、無人の改札のほうを向いて、ふたり腰をおろす。なんとなく眺めはじめた時計の秒針が一周した頃、バッタくんが、ちょっともじもじしながら、

「ライターになるのって、むずかしいんですか」

と訊いてきた。

「なりたいの?」

「ちょっと憧れます」

「大人になって、まだその気があったら、ぼくが面接してあげよう」

「ペンネームも考えてくれますか」

「ナニサマバッタじゃダメなの?」

「適当につけすぎたなって、後悔してます」

「あはは、そうか。きみは本名がちょっとめずらしいから、そのまま実名でいくってのはどう? ええと、下の名前は『いずみ』って読むんだっけ? それとも……」

「『せん』って読みます」

「うん。やっぱりいいじゃない」

「よく、水っぽい名前だってバカにされます。魚に沢に泉だから……」

「いや。『鮍沢泉(えりさわせん)』だなんてきれいな名前だよ。ぼくは断然、本名をお勧めするね。まあ、じ

つくり検討してみてよ。時間はたっぷりあるから」

じゃあそろそろ……といって椅子から立ちあがる。バッタくんが、「あ、忘れるところだった！」と、カバンから紙の包みをとりだし、斎藤にさしだした。

「ちゃんと、お返しだなんて、子どもが気をつかうもんじゃ……お菓子かな？」

「大福です。車内で食べてください」

「ありがとう。ごめんね、お昼ごちそうする時間もなくて」

無人の改札を抜けてすぐ目の前のホームに立ち、振り返る。律儀に改札の手前に立つバッタくんのまっすぐ後方に駅舎のガラス戸があり、その向こうに、世話になった駅前旅館と、色褪せた新幹線の看板がみえた。〈北海道新幹線の早期実現を！〉――かすれてなお勇ましい書体が躍る。

山裾のカーブを曲がってくる列車がみえたときだった。

「斎藤さん、大切なこと忘れてました」

「なに？」

「『もしぼくになにかあって斎藤さんに連絡をとるようなことがあれば、ぼくは楽しく生きてましたと伝えてほしい。それはあなたのおかげでもあります……と』」

「え？」

「藺玉さんからあずかっていた伝言です」

「………」

「藺玉さん、いってました。『あのとき編集長に騙されてみてもよかった』って」

「……ぼくに……騙される？」

「おまえはいい物書きになる——斎藤さんがそういってくれたって。藺玉さんが『ぼくは嘘が嫌いです』って返事したら、それでも俺に騙されたと思って、もう少しだけ冒険してみろよ。何度失敗したって俺が面倒みてやるから——そういってくれたんだって」

「それは、ぼくがかけた言葉じゃない。記憶にないよ……」

「飲み屋でさんざん叱られた夜、斎藤さんを家まで送っていく途中でいわれたって、教えてくれましたけど」

……あの夜に？　俺がそんなことを……。

「『裏切るつもりはなかった。でも、自分の力が足りなくて、いつか斎藤さんを失望させるようなことになるんじゃないか……それが怖くてぼくは逃げだした。たった一枚、たったひとことだけ感謝を書き残して』……そう話してました」

アナウンスもなく列車がホームに入ってきた。

「斎藤さん、今回はほんとうにありがとうございました」

少年が深々と頭をさげる。処理しきれない気持ちが湧き起こって言葉にならない。

「ぼく、大丈夫ですから」

改札の手前で、少年は踏ん張るように両足をひろげて立っていた。

「昨日ひと晩考えたんです。ぼく、やっぱり繭玉さんをみつけてあげたい」

まっすぐな目に心を衝かれた。すぐに返事ができなかった。

「またきてくれますか」

「もちろん。秋には米の収穫だ。泉くんも遊びにきて。東京でいきたいところ、ある？」

「麻布十番！」

「あはは。いいね、ジュヴァーン」

ドアが開く。少年が大きく手を振った。

「繭玉さんがいってたとおり、斎藤さんはやさしい人でした」

ちがうんだ。俺はやさしくなんかない。俺は……ドアが閉まり、斎藤の言葉を遮った。

列車が走りだすと、駅舎はすぐにみえなくなった。車内は空いていた。ボックス席に腰をおろし、旅館からもってきた朝刊を開く。

一九九六年六月一日。

年内にはじまる遺伝子組換え作物の輸入に関し、表示を求める市民団体の動向。

携帯電話・ＰＨＳの普及率が、二十パーセントを超えたという民間の調査結果。

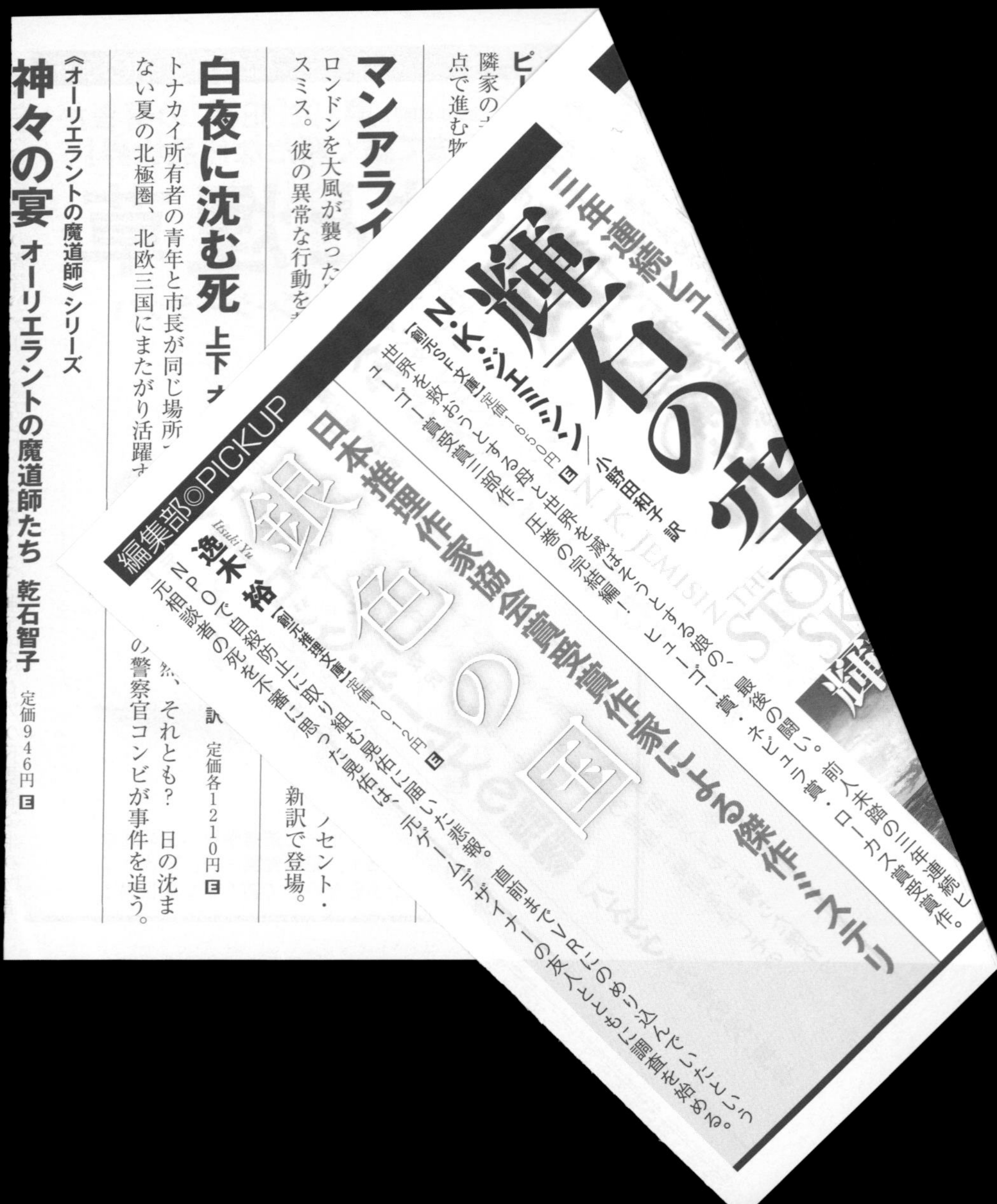

ピー
隣家の
点で進む物
マンアライ
ロンドンを大風が襲った
スミス。彼の異常な行動を
ノセント・
新訳で登場。
白夜に沈む死 上下
トナカイ所有者の青年と市長が同じ場所
ない夏の北極圏、北欧三国にまたがり活躍す
の警察官コンビが事件を追う。
、それとも？ 日の沈ま
訳 定価各1210円
《オーリエラントの魔道師》シリーズ
神々の宴 オーリエラントの魔道師たち 乾石智子
定価946円
三年連続ヒューゴー
輝石の空
N・K・ジェミシン／小野田和子 訳
【創元SF文庫】定価1650円
世界を救おうとする母と世界を滅ぼそうとする娘の、最後の闘い。
ヒューゴー賞三部作、圧巻の完結編！
ネビュラ賞・ローカス賞受賞作。前人未踏の三年連続ヒューゴー賞受賞作。
THE STONE SKY
編集部◎PICKUP
日本推理作家協会賞受賞作家による傑作ミステリ
銀色の国
逸木 裕 Itsuki Yu
【創元推理文庫】定価1012円
NPOで自殺防止に取り組む晃佑に届いた悲報。
元相談者の死を不審に思った晃佑は、直前までVRにのめり込んでいたという
元ゲームデザイナーの友人とともに調査を始める。

■創元推理文庫

ダイヤル7をまわす時

泡坂妻夫【創元推理文庫】定価968円 Ⓔ

なぜ犯人は殺害現場から電話を掛けたのか？　なぜ犯人は死体をトランプで飾ったのか？　読んだ貴方は必ず騙される！　奇術師としても名高い著者が贈る、傑作ミステリ短編集。

遺品博物館

太田忠司【創元推理文庫】定価946円 Ⓔ

死者の物語が込められた遺品を収蔵する「遺品博物館」。学芸員の吉田・T・吉夫が遺品と引き替えに残された者にもたらすのは、安寧か崩壊か。死者と生者を繋ぐ八つの謎物語。

東京創元社が贈る総合文芸誌

紙魚の手帖

SHIMI NO TECHO vol.09 FEB.2023

A5判並製・定価1540円 Ⓔ

今村昌弘による明智恭介の活躍を描くシリーズ最新短編。夕木春央、君嶋彼方、川野芽生、斧田小夜、床品美帆など注目新鋭の短編を掲載、特集「2023早春・若手作家の宴」他。

■創元推理文庫

秘密組織【新訳版】

アガサ・クリスティ／野口百合子 訳　定価990円

英国の命運がかかった秘密文書争奪戦に巻きこまれた幼馴染みの男女。ミステリの女王が贈るスパイ風冒険小説！〝トミー＆タペンス〟初登場作品が生き生きとした新訳で登場。

メナハウス・ホテルの殺人

エリカ・ルース・ノイバウアー／山田順子 訳　定価1254円 Ｅ

エジプトの高級ホテルの客室で若い女性客が殺され、第一発見者となったジェーンが地元警察に疑われる羽目に……。アガサ賞最優秀デビュー長編賞受賞、旅情溢れるミステリ。

寒波　P分署捜査班

マウリツィオ・デ・ジョバンニ／直良和美 訳　定価1210円 Ｅ

同じ部屋で暮らす若い兄妹が殺された。化学者の兄とモデルの妹を誰がなぜ？　成果を出さねばP分署の存続が危うい中、刑事たちは必死に捜査する。21世紀の87分署シリーズ！

赤ずきんの森の少女たち

白鷺あおい　定価1210円 Ｅ

賛を浴びることもない、そんな市井に生きる魔道師たちの姿を描く文庫オリジナル短編集。

東北新幹線の延伸と北海道新幹線の実現に向け、政府があらたな枠組みを検討。

ルシフェリン研究で著名な日本人が発見した、クラゲの蛍光タンパク質に脚光——等々。

窓の外に東斗理科大学のレンガ色の建物がみえてきた。新聞をたたみ、カバンから双眼鏡をとりだして覗く。石碑のそばに花が咲いていた。昨日まで、雑草一本生えていなかったというのに……。

いや、ちがう——。

咲いているのではない。供えられているのだと気づく。黄色い鮮やかなマリーゴールド。

斎藤は鼓動がはやまるのを感じた。ハウスのなかの、ひと株ぶん掘り返したような痕——。

列車の窓辺に置いていた、バッタくんからの差し入れに目がとまる。包装紙のあちこちに皺が寄り、店で包んだようにはみえない。はぎとって大福の箱をもちあげると、その下に四つ折りの白い紙が一枚あった。斎藤は、ゆっくりとそれを開いた。

〈三年間／ありがとう〉

カイ子の文字に、頬を張られたような衝撃を受ける。斎藤は背中を椅子に深くあずけた。

——ちゃんと、お返ししなきゃと思って。

バッタくんの言葉を思いだし、大きく息を吐く。大福なんかじゃない。少年は、この紙のことを伝えていたのだ。カイ子の書き置きを、持ち主である斎藤に返さなければならないと、そういったのだ。

バッタくんは俺の嘘を見抜いていた――新聞が膝から滑り落ち、床でバサリと音を立てた。

薊玉カイ子は生きていない。斎藤はそう結論していた。

カイ子の存在に不安を感じた長下部は、おそらく次は自分から連絡をとり、五月十二日、春祭りの日曜の夜に、カイ子を研究室に呼んだ。魚の件で説明したいことがあるといわれれば、カイ子はでかけていっただろうし、その実、口止め料をエサにカイ子を抱き込むことが教授の目的だったのかもしれない。だが話し合いはこじれ、結果として長下部はカイ子を殺害してしまった。そのことが彼の憔悴と不眠、そして薬物乱用の原因となった。

長下部が旭川のホテルから、呂律の回らぬ状態で遺したメッセージ。千鶴原はそれを、「(自分の)『遺体を動物塚に埋めて』(ほしい)」という、教授からの遺言と受けとった。だが斎藤はべつの解釈をあてはめた。もしかしたらそれは、「(カイ子の)『遺体を動物塚に埋めて』(ある)」という、罪の告白ではなかったか?

カイ子が最初に研究室を訪ねた五月十日時点では、写真からわかるように、動物塚の基礎部分は着工間もない状態だった。カイ子が殺害されたのが五月十二日だとすれば、依然として区画の内側が掘られただけであってもおかしくない。その地面にさらに穴を掘り、カイ子の遺体を埋めることは可能だろう。

周りにはビニールの幕が張られていた。都合よく目隠しのされた場所で、夜どおし作業をすれば、素人でも土を均すことができたはずだ。やがて穴全体は、敷石と鉄筋とコンクリートによって塞がれ、二度と掘り返されることのない慰霊碑の強固な地盤となる……。

千鶴原はいっていた。当局の手が伸びるという噂を耳にしただけで自殺してしまうなんて――だが、それだけではなかったのだ。彼女は知らなかった。長下部の死の陰に、もうひとつの死が存在していたことを。

カイ子を父親のように慕う少年に、斎藤は自身の推理を告げる勇気がなかった。嘘を混ぜて経緯を伝え、生きていることに疑いをもたせないようにした。

そのためにつかったのが、五年前にカイ子が残していった、三行だけの書き置きだった。編集部のデスクの奥にしまい、あれから一度も開けていなかった封筒。それをとりにいくためだけに、斎藤は飛行機で東京へ戻った。

寝台列車で北海道にとんぼ返りし、まずカイ子の家に向かった。三行目の〈ございました〉の部分を切り捨て、少年宛のメッセージに偽装した書き置きを卓袱台にのせた。それから田んぼでゼブラフィッシュをつかまえ、東斗理科大を再訪した。

斎藤が千鶴原に会っているあいだ、バッタくんはカイ子の家で、斎藤が仕掛けた書き置きをみつけた。計画は上手くいった——そう思い込んでいた。

だが少年は見破ったのだ。正方形に近い紙のかたち、下の部分を切りとったような痕、急すぎる斎藤の帰京……その不自然さに、たくらみが透けてみえてしまった。

カイ子が『アピエ』のライターだった期間が三年だったことを、少年は斎藤から聞いて知っていた。そうでなくとも、バックナンバーを読んでいればわかることだ。

カイ子が斎藤宛に残した書き置きが、たった一枚の紙だったことも知っていた。その中身が、たったひとことの感謝だったことも、カイ子本人から聞かされていた。

繭玉カイ子はもう生きていない——斎藤が自分を騙そうとした意味をひと晩考え、少年はその結論を受け入れた。斎藤と同じように遺体の在処（ありか）を推測した。カイ子から「もしものときに」と託されていた斎藤宛の遺言を、伝えるべきときがきたのだと悟った。

でも彼は、聞き分けのよい子どもを演じきることができなかった。

——ぼく、やっぱり繭玉さんをみつけてあげたい。

少年は、最後の最後でそういった。あれは願望ではない。懇願だったのだ。

斎藤は考える。カイ子が生きていることにして、自分はこの先どうするつもりだったのか。石碑を掘り返すなんてできない、加害者も死んでしまっている、すべては想像にすぎない……だったら、なかったことにするしかないと、自分を納得させるつもりだったのか？　少年を、やさしい嘘で救ったような気になったまま？

なんという欺瞞だろう。結局自分は逃げようとしているだけだ。そしてそれは、五年前も同じではなかったか。

当時、カイ子をみつける手掛かりは、その気になれば得られたはずだ。だが斎藤は、隣人にも管理人にも、引っ越し業者の名前さえ訊ねなかった。失踪の原因は自分にある——そう思ったからこそカイ子をさがそうとしなかった。

カイ子を傷つけた事実から目を逸らし、関係修復までの時間や労力を思ってうんざりし、恩知らずだと相手を責め、むしろ迷惑をかけられた被害者であろうとした。

向こうだって俺に会えば気分が悪いだろう。このままにしておくほうがお互いのためなのだ——そんな理屈をこしらえた五年前と、同じではないか。

今度こそ、カイ子をみつけなければならない。

斎藤は決意した。慰霊碑を掘り返すに足る材料をさがしだすのは、容易ではないだろう。カイ子の家に、長下部の研究室に、千鶴原の記憶に、まだ手掛かりが残っているだろうか。

次の駅で列車を降り、すぐにでも引き返したくなる。だが……。

遺体のない遺体遺棄事件。警察に信じてもらうためには、記者としての能力をすべてつぎ込まねばなるまい。到底、片手間にできる仕事ではない。そのためには一度東京に戻り、片づけるべきことがある。

斎藤は編集部の面々を思い浮かべた。さて、三代目を任せられるとしたら誰になるか……。自分が明日、出社するなり「編集長をおりる」といったら、あいつらはどんな顔をするだろう。想像したら笑いがこみあげてきた。

――ぼく、大丈夫ですから。

改札の手前で、踏ん張るように両足を開いて立っていた少年の姿を思いだす。

斎藤は、大声で少年の名を、カイ子の名を叫びたい衝動に駆られ、列車の窓をもちあげた。梅雨(つゆ)のない北海道の、厭(いや)になるくらい爽やかな風が吹き込んできて、髪を、シャツを、バタバタと叩いた。

いまなら思う。遊び半分でもよかった。好きなことだけやってくれればよかった。カイ子にとって、そうやって生きていける場所が『アピエ』だったのなら、それは誇るべきことだったのだ。

ひろがっていく景色に飲み込まれ、町の輪郭(りんかく)は少しずつ曖昧になってゆく。カイ子の家も、駅前旅館も、慰霊碑も、そこに手向けられた黄色いマリーゴールドも、もう遠すぎて少しもみえはしない。それでも斎藤は、どこかに泉くんの姿があるかもしれないと、双眼鏡を目にあてた。

サブサハラの蠅（はえ）

「スーツケースの中身をみせてもらえますか」

ナイロビのジョモ・ケニヤッタ国際空港を発ち、UAEドバイ経由で約十九時間のフライトを終えた江口海を、成田空港の若い税関職員はすんなりとおしてくれなかった。

とはいえ、それは半ば予想していた出来事だった。口もとを覆い隠す髭、鈍い光を放つ充血した目……バネのように硬く縮れて伸び放題の髪は祖国の湿気を吸い、それ自体が生き物であるかのようにうねっている。加えて、海外から戻ったにしては少なすぎる荷物は、検査官の注意を引くにじゅうぶんな材料といえた。そうわかっていながら、江口はあえて抵抗を試みた。

「どうしてですか?」

「取り締まり強化期間中でして」

若い職員が不機嫌そうな声で、しかし表情は変えずにこたえる。

「ほかの乗客には、そんなこと、いってませんでしたよね」

「ご協力ください」

「こんな見た目だから、なにか違法なものをもち込もうとしているとでも？」

「形式的なものですので」

背後につらなる長い列から、聞こえよがしのため息が漏れる。江口もまた、大袈裟に息を吐いた。誰もが疲れ、苛立っている。

「わかりましたよ」

機内に手荷物としてもち込んでいた小振りなスーツケースを台にあげ、中身をさらす。検査官が衣類をどけると、黒いカーボン製のアタッシェケースが露わになった。

「それも開けてください」

衣類には触れておいて、こっちは自分で開けろということらしい。黙って応じると、相手の顔色がはじめて変わった。

アタッシェケースの内側には、錠剤の容器のような透明なガラス製の小瓶が二十本。それぞれに細かな白い球体が詰め込まれている。

検査官の喉仏が大きく上下に動いた。

「この白い粉は？」

「粉じゃありません。ただの発泡スチロール……緩衝材です。大事なものを入れてるんで」

容器をひとつとりあげ、掌のなかで軽く揺らしてみる。流体のように動く発泡スチロールの粒の隙間から、大きさ一センチ弱の卵形をした茶色の物体が、埋もれていた姿の一部を覗かせた。光沢を有し、一見小石のようにも思えるそれは、江口がアフリカからもち帰った、唯一の土産といえるものだった。

「これは、なんですか」

「ハエですよ。ハエのサナギ」

あえて、こともなげにいう。

「ハエ……というと、虫の？」

思わず笑いそうになる。ほかにどんなハエがあるというのだろう。

「ええ。そうです」

「……標本、ですか」

「とんでもない。生きたサナギです」

「動植物検疫のカウンターで申告は？」

「いいえ。その必要はないものと認識していますが」

「……別室で確認させてください」

「危険な生き物じゃありません。研究用でしてね。わたしは医師です」

「医師？」

検査官の眉間に皺が寄る。そうみえないことは、江口自身がじゅうぶん認識していた。

「とにかく、詳しい話を別室で」

若い検査官が合図を送ると、距離を置いて控えていたべつの職員が、業務を交替するためカウンターに近づいてきた。

「お互い、時間と労力を無駄にするだけだと思いますがね」

「いいから、こっちへ」

すでに相手は下手(したて)にでることをやめていた。江口も若い職員をからかうのに飽きはじめていた。

おとなしく従おうと歩きだしたそのとき、背後から、

「江口くん?」

と名前を呼ばれた。

驚きと戸惑い。立ちどまって振り返る。ぽかんと口を開けてこちらをみている男がいた。江口の視線もまた、吸い込まれるようにその男へと向く。

誰なのかは考えるまでもなかった。よく日に焼けた肌以外、まったくといっていいほど、見た目が変わっていなかったからだ。

「……魞沢(えりさわ)」

十数年ぶりに旧友の名を呼んだ。そしてこの状況においては、もはやどうでもいいようなことを訊(たず)ねた。

「俺のすぐうしろに並んでたのか?」

「ええ。迷惑だからさっさと別室にいってくれないかと思ってました」

こんなときでも冗談を……いや、本心を口にする。どうやら中身も変わっていない。そう思った。

「ということは、同じ飛行機に……？」

ドバイ国際空港発、バニヤス航空ＢＺ６０６便——鯱沢のスーツケースに貼られたタグをみれば、訊くまでもないことだった。

「いつから俺だとわかってたんだ」

「いまです。連行される横顔をみて気づきました。むかしはそんなモジャモジャ頭じゃなかったですから」

「ほら、はやくくるんだ！」

検査官に腕を引かれる。

「越境する医師たち」

「はい？」

「暇があったら検索してみてくれ」

鯱沢がうなずく。うなずいてから、思いだしたように手をあげ、

「そうだ！　江口くん」

「なんだ？」

「さっきのサナギ！　もしかして、〈ツェツェバエ〉ですか」

一瞬呆気にとられて、

「このやろう」

あとから笑いが追いかけてくる。

「うしろから覗いてやがったな！」

やはり魞沢は、ちっとも変わっていないようだ。


魞沢とは大学の同期で、学生寮で知り合った。

その寮は、いまでは数少ない自治寮だった。男子寮は三棟あり、その各階が、ブロックと呼ばれるひとつの班を形成していた。

ふたりは学部はちがったものの、同じブロックで二年間を過ごした。江口は一浪して医学部に入ったので、実際には彼のほうが年上だったが、そんなことはもちろん関係なかった。

寮に個室はなく、すべてふたり部屋。先輩と後輩が同居するのが原則となっていた。

江口の部屋の先輩は、入学当時すでに経済学部の七年生だった。寮費を一年半滞納し、ドアに貼られる自治委員会からの督促状（とくそくじょう）は、月二枚のペースで増えつづけていた。牛丼屋の深夜バイトにでかける以外ずっと寮にいて、バイトのない日はもち帰った大量の弁当を消費しながら、大音量でテレビをみつづけた。

いっぽう魞沢の同居人はバンド活動に忙しく、夜はマネージャー兼恋人である女性のアパートに寝泊りするため、滅多にみかけることのない幻の寮生だった。

　自然、江口は魞沢の部屋に足繁く通うようになった。ストラップの切れたギターケースだけが残った二段ベッドの下段に横たわり、上段の魞沢と深夜まで雑談を交わした。ほとんど江口が一方的に喋り、魞沢はときどき相槌を打つか、そうでなければ眠っていた。ただ、床を横切った虫（アリ、クモ、ゴキブリ、ゲジゲジその他）について訊ねたときだけは、ベッドから身をのりだして饒舌になった。

　よくみかけた赤い小さなアリは、電気ポットのなかに入り込んでは、給湯口から熱湯と一緒にでてきてカップ麵の具材のひとつになった。アリがなぜそのような自殺衝動に駆られるのか、魞沢に教えてもらった気もするが、もはや憶えていない。彼の部屋にテレビはなく、ラジオが低いボリュームで始終鳴っていた。

　そんな共同生活が二年で終わったのは、江口が寮をでてひとり暮らしをはじめたからだった。そうなると、学部がちがうから構内で会う機会もほとんどなく、自然と疎遠になっていった。だが、それを惜しむ気持ちはとくになかった。なぜなら江口にはできたばかりの恋人がいて、それこそが、経済的に無理をしてでもアパートを借りた理由だったからだ。

　空港での再会から二か月が過ぎた十二月下旬、国際的な医療支援をおこなうＮＧＯ法人〈越境する医師たち〉――通称〈MFF〉の日本事務局より、魞沢からの手紙が転送されてきた。
最初に連絡が遅くなったことへの詫び、空港で先に帰ってしまったことへの詫び、字が下手くそなことについての詫びが書きつらねられ、次いで江口の変わり果てた風貌についての感想、最後に「近いうちに会いませんか」という打診が添えられていた。江口はほんの少し迷ったが、結局はその日のうちに返事を書いた。

年を跨いで何度かメールでやりとりを交わしたのち、魞沢が江口のクリニックにやってきた。二月初旬の、ある平日のことだった。

クリニックといっても事実上閉院に近い長期休院中で、再開の予定はない。もちろん、江口のほかに出勤してくる職員は誰もいない。いまや通りの景観を損ねる役目しかもたない〈えぐち循環器内科〉の傾いた袖看板は、いいかげん撤去を考えねばなるまい。

「おまえがくるというから、髪と髭をととのえておいた。あ、靴のままあがっていいぞ」

「どこをととのえたのか、さっぱりわかりませんね。目も充血したままですし」

小さな待合室から延びた廊下の、いちばん手前の部屋にとおす。そこはかつての診察室だった。

「目にも肌にも、アフリカの太陽のダメージが蓄積してるよ。おまえはすっかり日焼けもなくなって……まるっきり学生時代のままだな」

いいながら蛍光灯をつける。

「ブラインドをおろしているのも、目の保護のためですか」

「近所の人が覗きにくるんだよ。何年も休んでた病院に医者が戻ってきたんで、気になるらしい」

鲂沢はケーキ屋の白い箱を手にさげていた。

「土産なんていらないのに」

「いらなければ、ぼくがぜんぶいただきます」

箱のなかには大きなエクレアが四つも入っていた。みただけで胸焼けしそうだ。そういえばこいつは大の甘党だった。寮の部屋にアリが多かったのは、そのせいかもしれない。

「座っててくれ。コーヒーを淹れてくる。三年ぶりに電源を入れたエスプレッソマシンが、ちゃんと動いたんだ」

「あ、ぼくはハンドドリップのほうが」

「おまえに甘さ以外の味がわかるのか」

江口は鲂沢を残し廊下にでた。

突き当りを左に折れたところに、職員用の給湯室がある。いくつかある豆のなかから、浅くローストしたエチオピア産のボカッソを選び、若干粗(あら)めに手挽(てび)きして、九十度をわずかに切る湯でじっくりとカップに抽出した。

診察室に戻り、キャスター付きの回転椅子に、鲂沢と向かい合って腰掛ける。

「お手数おかけしました」

「いいよ。考えてみたら、朝にはこれが合うんだ」

「もう十一時ですけどね」

香りも色も淡いコーヒーをひと口含んだ鮲沢は、ちょっと驚いたような顔になった。

「アセロラのような酸味です」

「へえ、ちゃんと味がわかるんだな。エクレアには合わないかもしれないが……」

「なら、二杯目はエスプレッソでかまいませんので」

「ボタンを押すだけだ。勝手に淹れてこい」

「あはは。そうします」

しばし無言でコーヒーを飲む。壁時計の音だけが旧診察室に響いた。帰国して電池は入れ替えたが、針を合わせていないので、でたらめな時刻をさしている。正確な時刻との差はわかっているので、このままでじゅうぶん用をなした。

鮲沢を少し観察すると、シャツの襟(えり)もとに、シルバーのチェーンが覗いていた。そんな色気をもつようになったかと、意外だった。

「アフリカにいるあいだ、こっちの自宅はどうしてたんです?」

「住んでたマンションは引き払った」

「いまはどこに?」

「ここで暮らしてる。暮らし……というほどのもんじゃない。寝て起きて、それだけだ」

廊下の突き当りを、給湯室とは反対に折れた先には、仮眠室とシャワー室がある。

「職員の福利厚生用にとつくっていたのが、いまになって幸いした。開院中には、ほとんどつかわれなかったんだがな」

「食事は？」

「コンビニがある。お湯が沸かせりゃじゅうぶんだ」

長く留守にしていた病院は、空気の黴っぽさがなかなか抜けなかった。いま魞沢を前にして、そのにおいは学生寮を思いださせた。

「そういえば、空港ではすみませんでした」

魞沢がいう。

「税関を抜けたところで待とうかとも考えたんですが……」

「いや、待たれてなくてよかったよ。ＭＦＦの事務局に向かう必要があったから、あのあと時間はとれなかった」

「いつから〈越境する医師たち〉のメンバーに？」

「登録したのは八年前の二〇一一年。インドネシアとトルコで一年ずつ活動し、二〇一三年からはアフリカだ」

「アフリカというと？」

「コンゴ、中央アフリカ、ウガンダ……最後は三年間、南スーダンにいた。建国から十年も経っていない、まだ新しい国だ。長い内戦の末にスーダンから独立したが、いまも混乱はおさまっていない」

南スーダンでは、戦火や暴動のために多くの国民が故郷を追われ、数百万人が難民や国内避難民になっている。MFFの南スーダンプログラムでは、複数の国内避難地に医療チームが送り込まれていた。江口はおおむね半年ごとに避難民キャンプを移動しながら、医療活動に従事した。

「最後は、首都ジュバから百キロほど北方にある、白ナイル川沿いのキャンプで活動をしていた」

「ずいぶんと長い任期ですね」

「志願して何度も延長してもらったのさ」

その任期を終えたのが、去年の十月だった。ケニアのナイロビに置かれたMFF東アフリカ運営本部で活動報告を済ませると、そのまま飛行機に乗り、ドバイ経由で三年ぶりに帰国した。

「赴任地では主に感染症の診断、治療、それに研究が仕事だった。おまえの大好きな昆虫の仲間が、ずいぶんと厄介(やっかい)な働きをしている」

「税関でとめられる原因になった例のツェツェバエも、たしかそうですね」

「ああ。ツェツェバエは、アフリカ睡眠病を媒介する唯一の昆虫だ」

アフリカ睡眠病——。

サハラ砂漠以南で発生する風土病で、頭痛、発熱といった風邪に似た症状にはじまり、やがて特徴的な頸部(けいぶ)リンパ節の腫(は)れを呈す。

さらに進行すれば中枢神経系が侵され、脳炎を発症し昏睡(こんすい)。無治療の場合は確実に死に至る。

この病こそ、江口が現地で重点的に取り組んだ課題だった。

「病原体は、原虫だと」

「ああ。〈トリパノソーマ〉という寄生虫が直接の原因だ」

もともと〈原虫〉は、単細胞の微生物のうち、ゾウリムシなど動物的な挙動を示すものをひろくあらわす語だった。最近は、とくに〈単細胞の寄生虫〉をさしてつかわれることが多い。

トリパノソーマは、長さ〇・〇三ミリ程度の、細身のヒルのような紡錘形(ぼうすいけい)の原虫だ。さまざまな種があるが、そのうちの二種類が、異なるタイプのアフリカ睡眠病を引き起こすことで知られている。

人への感染経路は、基本的にひとつ。

この寄生虫を体内に宿しているツェツェバエに刺されること。

刺される……つまり吸血される際に、ハエの口吻(こうふん)を通じて、寄生虫が人の体内に移り、感染するのだ。

江口がアフリカで派遣されたのは、どこも睡眠病流行の危険がある国々……要はツェツェバエの生息が認められる地域だった。

「ところで、おまえのほうはどうしてドバイに？」

「エジプトからの帰りでした」

「俺と同じく、乗り継ぎ地だったわけか」

鯱沢と産油国の大都市、なんとなく不釣り合いな気はしていた。

「エジプトの、どこ？」

「南部です。アスワンに近い……」

「ほう。アスワン・ハイ・ダムのあたりに、めずらしい虫でもいるのか」

「いいえ。友人の故郷を訪ねたんです」

思ってもみないこたえだった。

「おまえに中東の友人が？」

「短いあいだでしたが」

「短い？」

「亡くなってしまったんです。日本で」

一瞬、言葉に詰まった。

「なのに、故郷を訪ねた？」

「彼の生まれた土地を、みてみたくなって」

「友人の死はつらいものだ」

「多くの死をみつめてきた医者でもですか？」

「医者にかぎらず、本来誰にでも死は身近だ。しかし、慣れることはない」

カップをふたつもって席を立ち、今度はマシンでエスプレッソを淹れて戻る。エジプトと聞き、ふと思いだしたことを口にした。

「そういえば……アフリカ睡眠病は、現代ではサハラ砂漠以南の地域——サブサハラアフリカでのみ観察されるが、古代においてはエジプトでも流行したという説がある。ナイルの恵みは人間だけでなく、昆虫もまた繁栄させた」

「フンコロガシが神になるくらいですからね」

「自然環境は、文明の礎であったと同時に、その文明を破壊する存在でもあった。氾濫する川、病を運ぶ害虫、闇にひそむ猛獣……そういった脅威を人智の及ぶ領域、すなわち自分たちの思想の内側に取り込もうとして、虫や動物を象った多くの神々が誕生した……俺はそんなふうに解釈している」

「自然を畏れ崇めただけでなく、ある意味では、人間の理解の範疇に引きずりおろそうとした試みでもあった、というわけですか」

「エジプト文明以前の諸王のなかには、力を誇示するために動物園を所有した者もいたと聞く」

「江口くんとの会話は、いつも得るものがあります」

「よくいうよ。むかしは相槌を打ちながら寝ていたくせに。……で、友人の故郷は美しかったか」

「ええ。とても」

「なら、よかった」

エスプレッソは胃の底を重く突いた。

「そういえば」

よほど苦かったのか、慌てたようにエクレアを口に入れて魞沢がいう。

「税関では、んっふ、大丈夫らったんれすか」

「その、クリームを先に吸う食べかた、なんとかならんのか」

学生時代からそうだった。

「んっふ、ふみまへん」

「税関は結局問題なかった。ちゃんと説明したらわかってくれたよ」

「んふ……虫のもち込みには、いくつか規制があったはずですが」

「植物防疫法、家畜伝染病予防法、外来生物法、ワシントン条約……どの規制にも、ツェツェバエは引っかからない」

入国手続き時、税関の手前にある動植物検疫カウンターでは、携行した動植物について申告の必要がある。その際、昆虫は動物検疫の対象にはならず、一般に植物検疫の対象とされる。これは、日本の農作物や樹木などに影響を与える虫をもち込ませないという、植物防疫法の目的ゆえだ。

「だがツェツェバエは植物害虫ではないため、植物防疫法による規制の対象にはなっていない」

外来生物法はどうかというと、これは生態系への悪影響を考慮したもので、ツェツェバエについては〈健康被害が問題となる生物はほかの法律で対処すべき〉として、やはり規制対象には盛り込まれなかった。このあたり、お得意のたらい回しといった趣きがある。

ワシントン条約は、希少な動植物の保護を目的とするものであり、病の流行地にとってみれば絶滅させたいくらいのハエが、もちろん引っかかるわけがない。

「俺はそういった各規制を確認したうえで、サナギをもち帰った。だから税関職員に、時間と労力の無駄だといったんだ」

「どうりで相手を怒らせるような口のききかただったわけです。……で、あのハエで、いったいなにを？」

「もちろん日本で研究をつづけるためだ。アフリカ睡眠病へのアプローチには幾通りもの道筋がある。患者の治療が目的なのか、それとも感染の予防が目的なのか……俺は後者を選び、寄生虫自体ではなく、その運び屋であるツェツェバエのほうに標的を定めた。このハエは……まあ、おまえのことだから知っているとは思うが、産卵をしない」

「たしか、人間と同じ『胎生』でしたね」

「そう。産卵ではなく、出産をする。卵は母親の腹のなかで孵化し、胎児……つまり幼虫は、子宮で育てられて大きくなってから、外界に産み落とされる」

「そのため一度の妊娠で産む子どもは一体だけ。その出産を、メスは生涯で十回近く繰り返すとか」

江口はうなずき、

「誕生した幼虫はすぐサナギになり、数週で成虫に変態する」

「たとえば蚊のように、雌だけが血を吸うわけではないんですよね？」

蚊の場合、産卵に必要な栄養を得るために、雌だけが血を吸う。

「そうだ、蚊とはちがう。ツェツェバエは、雌雄どちらも、哺乳類の血液だけを栄養源に生きている」

牙で嚙むのではなく、針状の長い口吻を刺して血を吸う。

「いずれも興味深い生態です」

「最近、ツェツェバエのゲノムが解読された。遺伝子の解析から、特殊な生態ゆえの弱点に迫るアプローチが可能になるかもしれないと、期待されている」

「しかし……」

と、魞沢が首をひねった。

「……そういった研究をおこなうのであれば、なおさら南スーダンに残るほうがよかったのではないですか。寄生虫やツェツェバエの調達が容易でしょうし、調べたところ隣国のウガンダには、睡眠病に関するＭＦＦの専門的な機関もあるそうじゃないですか」

「任期ってものがある」

「これまで何度も延長してきた、と」

「だからといって、いつまでも許可がおりるわけじゃない」

「それで腹を立てて、ＭＦＦをやめたんですか？」

江口は虚(きょ)を衝(つ)かれ、カップを手にしたまま、じっと魞沢の表情をうかがった。

「俺がやめたこと、知ってたのか」

「ＭＦＦジャパンのサイトに、南スーダンから帰国した医療チームの記事をみつけ、あなた宛の手紙を事務局に送りました。その後事務局より、〈江口海はすでにＭＦＦを退会しており連絡を仲介するのは今回かぎり〉との通知が届きました」

「そうだったか」

「脱退を決めたのは帰国後ですか？」

「ちがう。帰国前だ」

「であれば、なおさら不思議です。現地にとどまるためフリーになったというならわかりますが、日本に戻ったうえMFFの登録まで取り消したのでは、睡眠病と関わる機会は減るだけでしょう。それとも、どこか国内の研究機関に採用が決まったとか?」

「いや、ない」

「もち帰ったサナギは、どうしたんですか」

「マイナス八十度のフリーザーのなかで眠っている」

鲂沢は、口を真一文字に結んだ。

「そんな顔するな。そのうち考える。いまは少し疲れてるんだ」

「疲れてるときは甘いものです」

「ああ、いただくよ」

エクレアをかじる。溢れでたクリームを思わず吸ってしまい、鲂沢に「ほら」という目で睨まれた。少しだけ笑ったあとに、短い沈黙が訪れた。

空調がうなりをつよくした。

熱帯の逞しいハエの羽音に少し似ている。

遠くなったアフリカを思う。

「俺も、大切な人を亡くしたばかりなんだ」

自分の言葉に驚いた。話すつもりがあったわけではなかったのに、口が自然に動いていた。

鲂沢が、食べかけた二個目のエクレアを、そっと箱に戻した。

「それは、南スーダンで？」

「ああ」

「日本からのスタッフですか？」

「いや、もともとウガンダで採用した、現地スタッフのひとりだ」

アヤナという名の女性だった。

「応募してきたときは、まだ学生だった。卒業後に、俺の南スーダン派遣への同行を志願しMFFの特別メンバーになり、三年間ともに任務にあたった」

ウガンダの大学で政治学を学んだ彼女に、医学や衛生学の知識がとくべつあったわけではなかった。だが、チームは医療の専門家だけで成り立つものではない。

そもそも現地には、体調がおかしくなっても、〈医者にみてもらう〉という発想自体が浮かばない人たちが数多くいる。医療機関が身近にない暮らしを長く送ってきたゆえだ。家族が衰えていくことにただ困惑するばかりの人たち、薬草のような伝統的療法にしかたよる術を見出せない人たち……彼らの病や衛生に関する意識を変えることこそが、じつはもっとも重要なのだ。

その啓蒙のためには、援助をもらう側という受け身の気持ちではなく、当事者の意欲をもって取り組んでくれる現地の人間が、どうあっても欠かせない。アヤナにはつよい意思と、能力があった。

「彼女の一族はもともとスーダン北部に住んでいた。南スーダン独立以前の、旧スーダン共和国だ」

かつて、エジプトとイギリスが共同で植民地化した歴史から、旧スーダンの北部はイスラム教徒の多いアラブ世界、南部は非ムスリムのアフリカ民族の世界という捩れが生まれた。民族と宗教のちがいは、深く対立の根をはる。

泥沼の内戦を経て南部が独立し、南スーダン共和国が誕生したのは、ちょうど江口がＭＦＦに登録した年だった。南スーダンプログラムへの参加が、その五年後。国の先行きは、いまだみえない。

「アヤナの一族は、戦火に追われるようにして長い旅をつづけた。アラブ世界からアフリカ世界へ渡り、四十年近い歳月をかけて隣国ウガンダに辿りつき、そこでアヤナが生まれた」

南スーダン行きを希望した彼女に、江口は訊ねてみたことがある。きみは多くのアフリカ指導者を生んだ大学で政治を学んだ。その学歴を生かせる仕事は、ほかにいくらでもあるはずだ。それなのになぜＮＧＯなのか……と。

――わたしは未来をみています。いつかわたしが大学で学んだことを仕事に生かしたいと考えています。しかし、それはまだ先のことです。いまわたしがみるべきは、空ではなく足もとです。やるべきは、痩せた土を耕し、そこに水を引くことです。

面接試験にこたえる学生のように、彼女は力づよく語った。

――大学を卒業した者は、上ばかりをみがちです。自分が豊かになることばかりを考えがちです。でもわたしは、自分だけの力で、ここにいるわけではありません。

まばたきにあわせ、彼女が砂漠の民に由来することを感じさせる、ラクダのように長い睫毛(まつげ)が上下した。

――政治は不平等なものです。政治は力であり支配です。それに対抗し得る人権が保証されない場所で、わたしの学問はまだ役に立ちません。わたしはMFFのもつ〈中立の概念〉に共感しています。〈中立とは、傾いたシーソーの中心に立つことではない。傷ついた側に立って、シーソーのバランスを戻すことだ〉……政治ができないこと、やらないことを、しなければなりません。

「彼女はよくやってくれた」

現場では、スタッフの誰もが、休む間もなく動き回っていた。

ときに怒号が飛び交うこともあった。「まだそんなこともわからないのか！」――江口自身、アヤナをたびたび怒鳴りつけた。そんなときも、彼女はこちらをしっかりと見据え、

――もう一度いってもらえますか？(アイ・ベッグ・ユア・パードン)

と、臆することなく訊ね返してきた。

バカ丁寧(ていねい)な返事に苛立つこともあった。だが彼女は曖昧(あいまい)な指示で動くことはなかったし、そういう指示をだす江口を許さなかった。患者のためなら、自分がいくら罵倒(ばとう)されようが、平気

な顔をしていた。

「三年間の活動を経て、アヤナはチームになくてはならない存在になっていた」

チームにとってだけではない。江口個人にとっても。

「彼女が急激な体調不良に陥ったのは、俺が帰国する三か月ほど前のことだった」

発熱、頭痛、頸部リンパ節の腫れ……アフリカ睡眠病の症状だった。それらが数日という短い期間に、相次いで彼女を襲ったのだ。

「問い詰めると、彼女はツェツェバエに刺された心当りがあるといった。ほんの二週間前、ケニアとの国境に近いウガンダ南東部にある、南スーダンからの難民キャンプに応援にいった際だという。現地では、湿地や茂みのなかに入る機会も多かった。俺は慌てて彼女を検査した。信じられなかった。血液からだけでなく、脊髄液からも寄生虫がみつかったんだ」

「それは、どういう意味ですか？」

「アフリカ睡眠病には、大きく分けてふたつのステージがある。寄生虫が血液中だけにとどまっている初期段階と、脊髄液にまで侵入してしまった後期段階だ。どちらの段階にあるかで、治療につかわれる薬剤は大きく異なる」

ステージ確認のために必要な採液は、脊髄に針をさしておこなう。激痛を伴い、それだけでも患者にとっては大きな負担となる。

「つまりアヤナさんの病状は、検査の時点で、もう後期段階に入っていた」

「危険な状態だった」

「アフリカ睡眠病は、それほど急な進行を？」

その質問に、江口は首を横に振る。

「睡眠病の九割以上は、俗に〈慢性型〉と呼ばれるもので、数年に亘って病状が進行する。だが一部の地域では、稀に〈急性型〉の睡眠病に罹ることがある。ツェツェバエに刺されて感染するという経路は同じだが、病原体であるトリパノソーマの種が異なるんだ」

この〈急性型〉の疾患は、数週間で寄生虫が中枢神経を侵し、わずか数か月で死に至ることが知られている。

「彼女自身、まさか急性症状がでるとは思わずにいたんだろう。仮に感染していたとしても、重篤な症状に至るまでには時間的な猶予があるという知識が、油断につながった。きわめて多忙な時期で、不調を感じても、スタッフである自分が優先的に検査を受けるわけにいかないと考えたのかもしれない。俺も、周りの誰も、彼女の変化に気づく余裕がない状態だった」

いいわけだ。そう自覚しながら話す。

「すでに発病の初期段階で用いられる薬は意味を失っていた。穏やかな治療は、もうのぞめなかった」

「どういうことです？」

「脊髄液にまで侵入した〈急性型〉寄生虫への対抗手段は、副作用による患者の致死率が十パーセントに迫るほどの劇薬しかないんだ。半世紀以上前に効果を認められた、毒といいかえて差し支えないような薬だ」

「半世紀以上前……ですか」

「これがアフリカ睡眠病の大きな問題のひとつだ。新たな治療法の開発が進まない」

「なぜです」

「当然だろう。旨味（うまみ）がないからだ」

患者の発生がアフリカにかぎられ、経済的先進国にとっては、流行の危険も創薬のメリットもない病――それがアフリカ睡眠病だ。発症頻度の低い〈急性型〉となれば、なおさらだった。

「それゆえアフリカ睡眠病は、ＷＨＯが指定する〈顧（かえり）みられない熱帯病〉のひとつに指定されている。俺はいつも怒りを込めて、〈見捨てられた熱帯病〉と呼ぶことにしているがな」

現実には、見捨てられる以前に気づかれることもない。

アフリカ睡眠病は、人から人への感染が基本的に起こらないため、寄生虫の運び屋であるツエツェバエが生息する地域以外では、そもそも注意を払う必要がないのだ。

「無関心な国々には、もちろん日本だって含まれる」

地道に研究をつづける研究者もいるが、彼らの研究室に多くの予算が配分されることはない。

「すまん、少し逸（そ）れたな」

「では、アヤナさんの治療は……」

「選択の余地はない。劇薬を打つしかなかった」

メラルソプロールというその薬は、簡単にいえば砒素の化合物だった。静脈注射で投与する。病原体だけを殺せるか、患者もろとも殺すことになるかは、たんなる賭けでしかない。

「まさに毒だ」

江口には、患者の身体を賭けの対象にすることなどできなかった。だからこそ、着任から一貫して睡眠病の早期発見に取り組んだのだ。危険な砒素を用いずにいられることが、医師としての矜持だった。

「アヤナの病状は切迫していた」

検査後、より安全を期して、治療は難民キャンプの仮設診療所ではなく、MFFがウガンダに設立した睡眠病専門施設でおこなう方針が決まった。劇薬の副作用が懸念されるため、急変に対応できる環境が必要だと考えられたのだ。

ウガンダへは、キャンプから百キロ離れた首都ジュバの空港から、小型機を飛ばす手筈になっていた。江口はアヤナを旧式のレンジローバーに乗せ、もうひとりのスタッフとともに、ジュバを目指した。

しかしその当日、飛行場が反政府軍の攻撃を受けて閉鎖された。陸路でウガンダに入るルートも、きわめて危険な状況とのことだった。ウガンダへの移送は中止せざるを得なかった。江口らはジュバ近郊にあるMFFの診療拠点に身を寄せた。

「アヤナの病状は切迫していた」

江口は繰り返した。進行はきわめてはやく、すでに末期に近い症状がではじめていた。これ以上治療が遅れれば、後遺症のリスクが高くなることは明らかだった。

数日待ったが、空港が再開したという報(しら)せも、飛行機を準備できたという連絡も届かない。

「ジュバの診療センターにも、劇薬のストックはあった」

江口は決断を迫られた。

「悩む俺に彼女はいった。大丈夫(プリーズ)だから、と。薬を打ってほしい(ギヴ・ミー・ア・ショット)、と」

――カイが打って。

アヤナがはじめて、そしてたった一度だけ、江口を名で呼んだ。

「俺はメラルソプロールを投与した」

その瞬間を、アヤナの細い腕の感触と一緒に憶えている。

「待っていたのは、最悪の結果だった」

投薬から二時間ほどして容体が急変した。烈(はげ)しい痙攣(けいれん)と意識の喪失。アフリカ睡眠病の末期症状なのか、それとも劇薬の副作用なのか、誰にも判断がつかなかった。

「そのときになって、ヘリを一機飛ばせるという連絡が本部から届いた。ただし、安全のためウガンダとの国境に近い場所までしかいけないという。俺はアヤナを車に乗せ、国境付近の村を目指した」

狭く、暑く、騒々しく揺れる車内で、少しでも頭部への衝撃を和らげようと、江口はアヤナの身体を抱きしめつづけた。額や首にあてるパック状の保冷剤は、いくつあっても足りなかった。

狭くもなく、暑くもなく、コーヒーの香りが漂う診察室で、いま江口は唇を噛み、全身に汗をにじませていた。

（アヤナ……）

目を閉じると、そこに大地があった。

エンジンのうなり。軋むサスペンション。

巻きあがる砂埃。乾いた風と乾いた土。

追っても追っても地平線の先に逃げていく水の幻影。

太陽……真っ白な太陽……与える以上に奪ってゆく……。

彼女は断続的に昏睡に陥った。ときおり深い呼吸。時間がないことは、もうわかっていた。

ひときわつよく抱き、ひたいに唇を寄せた。

――きみを愛している。

江口は、長いあいだ心にしまっていた言葉を伝えた。

アヤナの目が、睫毛の茂みの向こうで、ゆっくりと開いた。

揺れて定まらない瞳が潤み、かすかに悪戯っぽい笑みを浮かべた。

——もう一度いってもらえますか？（アイ・ベッグ・ユア・パードン）

それが彼女の最期の言葉になった。

看取ったあとも車は走りつづけた。

大地を裂く残酷な一本道、花のないアカシア。ウガンダに、家族のもとに、彼女を届けなくてはならない。

アヤナ……アヤナ……。

江口は名前を呼びつづけた。

乾いた風と乾いた肌。涙はすぐに蒸発し、目尻や頬にひりひりとした痛みを残すだけだった。

(俺が注射を打ったからなのか)

……ほかに手立てはなかった。毒だとわかっていても、彼女を救うには、あの薬をつかうしかなかったのだ。

(それとも、打つのが遅すぎたからなのか)

……ほかに手立てがないのなら、少しでもはやく、投薬を決意するべきだったのか……彼女の命を奪ったのは、この俺だったのか……。

アヤナ……アヤナ……。

「……ん……くん……江口くん！」

肩を揺さぶられ、目を開けた。視線の先に、弱々しい蛍光灯。湿気を含み、黴の生えた天井……。いつのまにか、シャツまで汗でびっしょりだった。

「大丈夫ですか？　もしかして、体調が……」

「いや、すまない。寝不足がつづいていて……ちょっと目を閉じたら、そのまま少し寝てしまったらしい」

ひたいを拭(ぬぐ)い、こたえる。

魞沢は不安げな表情のまま自分の椅子に戻る。

「アヤナさんのことがあり、江口くんはアフリカを去ることに決めた。そういうことですか」

「もっとも信頼を寄せていたスタッフを、俺は救うことができなかった。彼女のような人間がいることに、俺はあの国の希望を感じていた」

彼女はいったのだ。生きるチャンスがほしい(ギヴ・ミー・ア・ショット)……。

「アヤナさんにとっても、あなたは希望だったはずです」

「いまの俺は失望の沼にいる」

「では、やはり妙です」

「なにがだ」

「失望したあなたが、研究のためといってツェツェバエをもち帰ったことが」

「あのサナギは、最後のようすがだ。いつか俺がもう一度浮かびあがることができたなら、そのときハエにも目を覚ましてもらう」

「なるほど」

「もう一杯、いるか？」

「いただきます。やっぱり、ハンドドリップがいいですね」

「贅沢なやつだ」

江口は席を立つ。

エスプレッソのあとだから、軽いほうがよいかとも思ったが、結局は、フルシティローストのマンデリンを選んだ。なにしろ、まだエクレアがひとつずつ残っている。

湯が沸くのを待っていると、戸棚のガラスに映った自分と目が合った。酷い顔だ。大きくひとつ、深呼吸をした。

コーヒーを手に給湯室をでると、診察室につづく廊下の途中に、�沢が立っていた。

「すみません。勝手にうろうろして」

「べつにかまわない」

「この部屋は？」

�沢は、ある扉の前に立っていた。

「薬品や検体の保管庫だった場所だ」

「どうりで温調設備のととのった部屋だと思いました」

室内の温度と湿度が表示された壁面のパネルを、鯱沢が軽く叩く。

「病院の再開予定は?」

「いまのところない。薬品だけじゃなく、設備や機器の類もほとんどすべて処分した。そうやって金をつくり、なんとかMFFで活動をつづけてきたんだ。残っているのはエタノールとグリセリンが少し、冷蔵庫とフリーザー、仮眠室のベッド、それに光学顕微鏡くらい。おまえの血液型すら調べられない」

「顕微鏡があれば、赤血球の数くらいはカウントしてもらえそうですね」

「たしかに、数と変形の有無くらいなら、みてやれるかもしれん」

「トリパノソーマは、ちょうど赤血球くらいの大きさでしたか?」

「長さでいえば赤血球より大きい」

「ところで……」

「なんだ」

「なぜ、ほとんど空っぽ同然の部屋に、空調を効かせているんです?」

「ちゃんと動くかテストしているだけだ。いざつかおうってときに壊れてましたじゃ、あんまりお粗末だろう?」

「そうですか」

と、口にした鯱沢が、突然、扉のハンドルを右手で握り、手前に勢いよく引いた。

ガン――低く鈍い打音。鮎沢の身体が揺れた。ハンドルは動かず、扉は開かない。

「ロックをかけてある」

鮎沢はバツが悪そうに頭をかいた。

「気にするな。おまえの好奇心がつよいことは知っているし、寮生時代は俺だっておまえの部屋に好き勝手出入りしていた」

「ぼくがくることになったので、わざわざロックを？」

「ただの習慣だ。かつては危険な薬品も保管していたし、患者の個人情報がつまった検体もあったから、施錠は必須だった」

「空調のテストだというなら……」

すぐ気をとりなおしたらしい鮎沢が、壁のパネルにふたたび手を触れた。

「……冬のうちに、冷房の確認もしておいたほうがいいと思いますよ。保管庫としてつかっていたというなら、以前はもっと低温の設定だったんじゃないですか」

いま室内は、三十二度の設定になっている。

「たとえば極端に、十度、五度……ぼくが変えてみてもいいですか？」

めずらしく挑戦的な目が、こちらを向く。

「部屋を冷やすのはかまわないが、コーヒーが冷めるのは許せないんだ」

江口の言葉に、鮎沢は表情をゆるめ、指をパネルからはずした。

「失礼しました。戻りましょう」

ふたりそろって、また丸椅子に腰をおろす。カップを手に、鯱沢が子どものように車輪を滑らせ、少し後方に退いた。なにげない行動だったが、江口との間をはかったようにも感じられた。

「少し冷めたくらいが、ぼくにはちょうどいい」

口にして、ちょっと考えるような素振りをみせてから、

「そういえば、アフリカのほかにインドネシアでも活動したといってましたね。この豆は、そのときに？」

「いや、インドネシアにいたのは七、八年前だ。さすがにそんなむかしの豆を……」

マンデリンは、スマトラ島で栽培される豆の銘柄だ。

「……おまえ、ほんとうにコーヒーの味がわかるんだな」

「なんとなくです」

「得意なのは甘味だけだと思っていたが、みなおさなきゃならん」

「あはは。苦手な味ほど敏感になるものですよ。そういえば、食べ物の好き嫌いが大人になると少なくなるのは、味覚の鈍化が原因らしいですよ。子どもは味覚が鋭いから、ピーマンの苦さにとてもも我慢がならないのだとか」

「じゃあ、おまえの舌は子どものままってことか」

「できれば心のなかも、そうありたいものです」

「おまえなら心配ない」

「なかなかそうもいきません。これでも多方面に気をつかって生きてます」

「魬沢」

「はい」

「考えていることがあるんだろう？　俺には気をつかわなくていいから、いってみろ」

魬沢の唇が一瞬きつく結ばれた。

「では、いいます。あなたはもち帰ったツェツェバエのサナギを、冷凍保存しているといった。でも、それは嘘です」

「なぜそう思う」

「知り合いの医師や研究者に、あのサナギを託したというなら、まだわかります。ただ、冷凍しているというのは、納得がいきません。あなたは、そんなふうに〈いつか〉を待って、サナギを日本にもち帰ったわけじゃない」

「おまえに俺のなにがわかるんだ」

「二年間、毎晩のように語り合った仲ですから」

「二十年近くも前の、たった二年だ」

「そもそもサナギは、冷凍庫で生きていられるんですか?」

「…………」

「鍵のかかった部屋で、あなたはサナギだったツェツェバエを羽化させ、そして飼育している」

「……それは質問なのか」

「質問ではなく、結論です」

江口は小さく息を吐いた。鼻にカップを近づけるが、ほとんど香りは感じられなかった。

「……室温と施錠で気づいたか」

「あなたが帰国して三か月以上経ちます。羽化したハエは、すでに繁殖(はんしょく)行動をとっているはず」

鴘沢がまっすぐな視線をよこした。

「……増やしたツェツェバエで、あなたはなにをするつもりですか?」

「さあな」

「だったら、ぼくがどう考えたかを話してもいいですか」

「かまわない」

「見捨てられた熱帯病——」

「…………」

「経済的先進国にとっては、流行の危険も、創薬のメリットもない病。日本が、日本人が、当事者になることのない病。考える必要のない病」

「そのとおりだ」

「その意識を変えるには劇薬が……そう、ときに命を奪うほどの劇薬が必要だ。あなたはそう考えた。つまりあなたは……」

「旧友を、まるでテロリストのようにいってくれるじゃないか」

「飼育部屋のツェツェバエには病原体が……トリパノソーマが寄生している」

「それも質問ではなく結論か」

「ちがいますか？」

「もし俺が、日本でアフリカ睡眠病の患者を発生させるために、トリパノソーマが寄生したハエをもち帰ったと思っているのなら、それは虫博士らしくない的はずれな推測だ」

話しながら、江口は、鮴沢を気の毒に感じた。古い友人を追い詰める役が、とうてい似合う男ではないのだ。

「知らないなら教えてやろうか。ツェツェバエのサナギが、体内にトリパノソーマを宿していることはあり得ない。ツェツェバエが寄生虫を保持するに至る道筋はひとつ。成虫になったハエが、寄生虫に感染している哺乳類の血を吸った場合にかぎられる」

そして、

「仮に母バエが寄生虫をもっていたとしても、それが産んだ子どもに移行することはない。トリパノソーマはツェツェバエにおいて母子感染をしないんだ。よって、成体に羽化する以前の、サナギの状態でもち込んだハエが、アフリカ睡眠病の感染性をもつことは、ない」

コーヒーを飲みかけて胃の重さに気づき、口をつけずテーブルに戻す。

「残念だったな。仮に俺が、すでに羽化したハエを国内にもち込んだのだとしたら、おまえの懸念はもっともだったが」

「江口くん……」

「というわけだ。理解できたか?」

「それは、こたえになっていませんよ」

「なぜ」

「ツェツェバエのサナギが寄生虫をもたないことなら、ぼくも知っています」

「……ほう」

「ぼくがいっているのは、そういうことではありません。いま、あの飼育部屋のなかにいるハエがトリパノソーマに感染しているのではないのか。そういっているんです」

「だからそれを説明した……」

「ツェツェバエは血液だけを栄養源とする」

ぴしゃりと遮られ、江口は黙り込む。

「あの部屋で羽化したツェツェバエは、江口くんの血を吸って生きているのではないですか」

テーブルに置いたカップのなかで、黒いコーヒーが蠢くように揺れた気がした。

「あなたは、ハエではなく、自分の身体をつかったんです。ツェツェバエとはべつに、自分が感染者になるという方法で、病原体を国内にもち込んだ」

なるほど。たしかにそれは、結論だった。


充血した目の奥の脈動が、痛みと一緒に感じられた。

気づけばまたじっとりと、汗をかいていた。

天井をみあげる。弱々しい蛍光灯。遠いアフリカ。

「熱があるんですね？」

魞沢がそう訊いている。江口はなにもいわずに目を閉じた。


アヤナの喪失は、大きな自失をもたらした。無為の時間が流れた跡に、澱のように残った後悔と自分への怒りは、やがて睡眠病をとりまく状況への怒りに……顧みない国々と顧みない人々への恨みに転化された。

(遠くの声に気づかないなら、耳もとで叫べばいい)

その考えは、ぎりぎりで自分を保つための逃げ道であったかもしれない。

（自分の頭上をミサイルが飛んで、はじめて人は戦争が起きていたことを知るのだ）

江口は大きなキャンプを離れ、ブッシュの奥で息をひそめて暮らす避難家族のもとを、積極的に訪れるようになった。治安の面でも、衛生面でも、危険な地域ですごす時間が多くなっていった。幾度となくツェツェバエに吸血されたことは、わかっていた。だが、放っておいた。刺された部位は赤く腫れて、熱をもった。

アヤナの死から二か月ほど経って、体調に異変があらわれはじめた。悪寒、だるさ、微熱がだらだらとつづく。〈まさか〉と〈やはり〉……ふたつの思いが交錯した。怖れてもいたが、待ってもいた。少しも怪しまれてはならないと、血液を調べることはしなかった。

翌月には日本へ帰ることを、すでに決めていた。現地で飼育していたツェツェバエのサナギを、研究用に少しもち帰らせてほしいとスタッフに頼んだ。生きたツェツェバエを保有している研究機関は日本ではきわめて稀だ。少なくとも江口自身はそういった場所を知らない。そう告げると、彼らは「いいアイディアだ」と励ましてくれた。

——アヤナのために、きっと成果をだしてくれ。

あるスタッフの言葉が棘（とげ）のように残っている。俺はアヤナを見殺しにしただけではない。仲間を騙（だま）しさえしたのだ。傷ついたのは、決して自分だけではないのに。

熱はつづいたが、まだ微熱程度だった。空港にサーモグラフィーによるスクリーニングシステムがあったとしても、検知される危険は小さいと判断していた。

入国時の検疫審査は自己申告にもとづく健康相談のようなものだから、機内で配られた健康状態質問票に余計な記入をしなければ、引っかかる心配はなかった。サナギのもち込みについては、鮎沢に説明したとおりだった。

帰国後、このクリニックの一室で、自分の血液を顕微鏡で観察し、トリパノソーマに感染していることを確かめた。サナギは二十体のうち十三体が羽化し、成体のハエとなった。

エサとして自分の血を吸わせはじめた。

そこから二週間後、うち二匹から消化管をとりだし顕微鏡観察をおこなった。一匹に、トリパノソーマの寄生が確認できた。

自分の血中トリパノソーマ数は、まだそれほど多くないのかもしれないと、江口は考えた。残るツエツェバエは十一匹であり、こちらの数もじゅうぶんとはいえない。ハエを繁殖させながら、自分のなかの病原体も増やしていかなくてはならない。骨の折れる、そして時間のかかる仕事になりそうだった。

症状の進行からして、感染したのが〈慢性型〉のトリパノソーマであることは、どうやら間違いないようだった。

国民は忘れやすい。だからこそ、できるだけ長い時間、彼らに刺激を与えつづける必要がある。もしアヤナと同じ〈急性型〉に感染していたのであれば、ハエを増やしている時間の余裕などなかった。その点は幸運だったのだと、江口は感謝した。

そんなとき、鮲沢から手紙が届いたのだった。

「ツェツェバエは……あの部屋でいくつかのケースに分けて飼育している。おまえの場合、勝手に部屋に入って、興味本位で容器に手を突っ込む可能性があると思ったから、施錠をしておいた」

「そう考えたのなら、どうしてぼくをここに招いたんです？　なぜ会ってくれる気に？」

「いま会わなければ、もうタイミングがないと思った。睡眠病をうつす心配はないが、症状が悪化してリンパの腫れが目立つようになれば、俺の計画を見破られる可能性が高くなる……と考えたんだが、こんな簡単に気づかれるとはな」

「ほんとうは誰かにとめてほしくて、だから、ぼくを呼んだんじゃないんですか？」

絶句する。とめてほしかった？　俺が——？

「治療を受けてください」

「…………」

「ぼくに気づかれた以上、計画は〈おじゃん〉です」

「そうだな」

「だったら……」

「さっきいってたな。空調の温度を下げてもいいかって」

「ええ」

「かまわないぞ。そうすればハエは、ゆっくりと死んでいく」

身体の力が抜けた。椅子に背もたれがほしい。

「治療は」

「俺のことは放っておけ」

「ハエと一緒に、あなたも緩慢(かんまん)な死を迎えようというわけですか」

「絶望は死に至る病だ」

「キルケゴールとは、ずいぶんカッコつけますね」

「ほう……」

今日はよくよく驚かされる日だ。

「おまえに哲学の教養があったとはな」

「あなたのせいで憶えてるんですよ」

「俺のせい?」

「哲学にかぶれた時期があったじゃないですか。何冊もの哲学書を抱えた医学部生が夜毎(よごと)部屋を訪れる……このうえなく面倒な状況でした。まあ『死に至る病』は、哲学というより神学の部類と感じましたが……」

「そんなことが……」

……あったかもしれない。鯱沢に「ユリイカ」といったら「どんな蚊ですか」と訊かれた記憶が、ぼんやりと甦る。

「ぼくが故郷を訪ねた友人の死は、自殺だったんです」

不意の告白だった。

「……なぜ」

「自分が犯した罪を悔いて」

罪……。

「その罪を、おまえは知っていたのか」

「知ったのは、彼が亡くなった直後でした」

「親しくしていたんだな」

「たった一日の付き合いです」

「なんだって?」

短いあいだとはいっていたが、そこまで短かったとは……。

「それで友人と呼べるのか?」

「彼が、そう呼んでくれたんです」

それだけで、わざわざ中東の国へ……? 変わり者であることは重々承知していたが、それでも呆れる思いだった。

「その証にと、彼からもらったものです」

そういって、鮎沢は首のチェーンをはずした。小さな鏡のついたペンダントだった。

「ぼくは、故郷の村で彼の家族に会い、ひと晩を語り明かしました。どうしても伝えたかった。彼から受けた親切や、彼がどれほど故郷を大切に思っていたかを……。知っていますか？　言葉が通じなくたって、いくらでも気持ちが伝わることを」

それなら、ＭＦＦの活動で、幾度も経験したことだった。

「彼の父親は、自分の胸、家族ひとりひとりの胸、そして最後にぼくの胸を指さして、たぶん、こういいました。息子は、いまも生きている――」

よく聞く話だ。記憶から消え去ったとき、人はほんとうの死を迎えるのだ、と。

「アヤナさんは、まだ江口くんのなかで生きている。その彼女を道づれにして死ぬべきではない」

「アヤナに会ったこともないおまえが、きれいごとをいうな」

「だったら……ぼくのために生きてはくれませんか」

「おまえのためだと？」

「ぼくは友だちが少ない」

そういって、照れくさそうに頭をかく。

「二十歳の寮生だったぼくを憶えているのは、あなたくらいしかいないんです。あなたのなかにだけ、あの頃のぼくは生きている」

冗談めかした弱々しい微笑。

「俺のせいじゃない。薄情な人生を送ってきた報いだ」

「あなたが死ねば、ぼくの一部も消えてしまう。あの頃のぼくを、あの頃のぼくたちを……勝手に殺さないでほしい」

「おまえ……」

「きれいごとのひとつも口にしなければ、こんな世界、生きていけないじゃないですか」

鮎沢が唇を噛んだ。

部屋にコーヒーの匂いが戻ってきた。

学生寮に似た、湿っぽい黴くささと一緒に。

狂った壁時計の針が、正確に時を刻む。蛍光灯が明滅し、飼育室の空調がうなる。

遠いアフリカ、遙かな希望。地平線の先、追っては逃げる蜃気楼。

「病院にいってください」

いま目の奥が熱いのは、どうやら病のせいではなさそうだった。

上手く騙されているだけかもしれない。

それでも、憑き物が落ちた。そんな気分だった。

「……アフリカ睡眠病は、検査だけでも、そうとう痛いんだ」

「自業自得です」

「……そうだな」

「ええ」

「……ツェツェバエ、みていくか？」

「ぜひ。日本で生きている姿を拝める機会は、滅多にありませんから」

江口が先に立ちあがる。少しふらつき、デスクに右手をついた。ごまかすように、そばのエクレアを指さす。

「二個とも食べていいぞ」

「ほんとうですか？」

鮴沢の目が光った。エクレアの名が、輝きを意味するフランス語に由来することを思いだしながら、江口はゆっくりと、窓のブラインドを開けた。やわらかな冬の陽光が、ふたりの足もとを照らした。

単行本版あとがき

第一短編集『サーチライトと誘蛾灯』では、あとがきも物語の延長というつもりでエッセイ風の文章を書いた。今回は、作品に関する断り書きと謝辞で埋まってしまいそうだ。

前作の魞沢泉（えりさわせん）は、探偵役という記号として登場していた。そんな彼に人間味を与え、事件の当事者に近い存在として描きたいというのが、今作の目標だった。彼の実在感を増す方策として、いくつかの短編で、前作では具体的に書かなかった地名や時期の設定を明確にしている。

もちろん作品内の出来事は、現実世界とリンクする部分はあるものの、基本的には創作だ。たとえば「蟬（せみ）かえる」の舞台となった山形県で該当する災害は起きていないし、事件のモデルとなるような風習や、それにまつわる少女のエピソードもない。「彼方（かなた）の甲虫（こうちゅう）」でアサルが信仰する宗教は完全な想像の産物であり、「サブサハラの蠅（はえ）」に登場するアフリカの国々の状況には、作品を成立させるためのフィルターがかかっている。〈越境する医師たち〉は〈国境なき医師団〉のもじりだが、あくまで架空の団体だ。

まずはそれらをお断りし、物語の舞台に選んだ土地のかたがたや、モデルとした団体のかたがたに、ご寛恕（かんじょ）をいただきたい。とくに山形県と北海道は、ぼくのルーツに関わる場所で、そこに鮎沢くんをつれていきたいという思いがあった。

最終話「サブサハラの蠅」は、連作のひとつの区切りであることを意識した。執筆にあたってアフリカ睡眠病の理解に努めたが、扱うテーマがテーマだけに、どうしても専門家の意見をうかがいたかった。そこで、アフリカ睡眠病・トリパノソーマの研究者である、帯広畜産大学原虫病研究センターの菅沼啓輔先生に(面識もないのに)いきなり質問のメールを送った。不躾な行為にもかかわらず、先生からは丁寧かつ示唆に富んだ回答が即日届いた。

今般のウイルス禍が示すとおり、世界は以前よりずっと小さくなっていて、あらゆる問題がひとつの地域に封じ込められず拡散していく。同時に、基礎的な医学理学、そして獣医学の研究がいかに大切かが、あらためて明らかになった。菅沼先生の研究が今後より注目され、発展し、大きな成果となって実ることを願わずにいられない。

今回、帯の推薦文は法月綸太郎さんからいただいた。法月さんはぼくが新人賞を受けたときの選考委員のひとりで、お会いするたびアドバイスをもらっている。表題作「蟬かえる」が『ミステリーズ!』に掲載された際もあたたかい感想をくださり、それで図々しくも推薦文をお願いした。新人賞受賞の翌年、思うように作品を書けず落ち込んでいたぼくを救いあげてくれたのも、法月さんの励ましの言葉だった。それに応えたいと思い、なんとか今日まで書きつづけている。

最後に、読んでくれたかたがたへ。

収録作をひととおり書きあげた二〇一九年の秋は、ほんの半年ほど前なのに、ウイルスのおかげでずいぶん遠い世界になってしまった。先のみえない状況に心がすり減って言葉が棘をもち、ぼく自身は、とうてい鯱沢くんのように飄々と生きられない。それでも、みなさんの応援があって、なんとかここまで漕ぎつけました。「ありがとう」より、もっと気持ちの伝わる言葉はないものかと思いつつ——ありがとうございます。

二〇二〇年 六月

文庫版あとがき

　本書に収めた五編のうち、「彼方（かなた）の甲虫（こうちゅう）」以降の三編は、単行本用に書き下ろした作品だ。それらを構想中に思い描いていたのは、ビートルズのアルバム『アビイ・ロード』後半を占める組曲だった。自著を音楽史上の傑作に喩（たと）えるのは非常におこがましい話だが、彼らのバンド名にも〈甲虫（ビートル）〉が含まれることに免じて怒らないでほしい。

　単行本版あとがきに書いたとおり、本作の狙いのひとつは、探偵役である魞沢泉（えりさわせん）にもう少し人間味を――背景となる物語を――与えることだった。それには、各短編をつなげて長編風の連作にし、一冊をとおして彼に焦点を合わせていくという手法もある。けれど、ぼくが範（はん）とするのは泡坂妻夫（あわさかつまお）さんの〈亜愛一郎（ああいいちろう）シリーズ〉だ。各話が各話だけで完結する純然たる短編集を書きたいし、なによりミステリとしての切れ味を第一にするパズラーを書きたい。

　結果として、それぞれに独立して完成した短編の〈配置〉を工夫することで、意味の上での緩やかなつながりを感じてもらおうと考えた。このささやかな試みが功を奏し、日本推理作家協会賞や、本格ミステリ大賞のノミネートへつながったように思う。

二〇二一年三月。本書が協会賞の〈長編及び連作短編集部門〉の候補にあがったので、選考日の休暇を申請した。以前にノミネートされたときは、受賞はないものと最初からあきらめて、職場で落選の電話を受けた。ぼくは土台マイナス思考なのだ。だが今回は、そういう態度からあらためようと思った。たまには背筋を伸ばして吉報を待ってやろうじゃないか。

前年、「コマチグモ」が〈短編部門〉で落選した直後、妻から「夢って言葉にすると叶うらしいよ」といわれ、SNSに「来年は獲ります」と呟いた。単行本『蟬かえる』の発売が目前に迫っていた。新刊を期待されているという感覚は皆無だったが、ぼくは収録作を何十回と読み返し、この本はおもしろいと思っていた。書き手としての自分はいまだ信用ならないが、読み手としての自分ならば信頼に足る。呟きは本気だった。

迎えた四月二十二日、選考会当日。開始時刻の午後三時になった途端、ぼくの自信は消え失せた。気を紛らそうとSNSを開いたら、協会のアカウントが選考会場の写真を公開していた。落ちつかない。もちまえのマイナス思考が頭をもたげてくる。ぼくは背中を丸めてテキストエディタを立ちあげ、いずれ公開するつもりで〈落選のコメント〉を書きはじめた……。

午後四時半、電話が鳴った。事務局の女性と思しき朗らかな声――京極さんにかわります。

満場一致だったそうですよ――いっそう朗らかに授賞を報せてくれたのは、協会の代表理事である京極夏彦さんだった。

約一か月後の五月十四日。本格ミステリ大賞のほうは、正直いって意外な気持ちだった。ぼく自身は常にパズラーを書いているつもりでも、そうは評価されていない気がしていたからだ。

魞沢泉は、ときに自分だけがもっている情報をつかって推理をおこなうことがある。これはぼくが、魞沢くん自体をパズルのピースとして描きたいためだが、アンフェアな作法にも映ってしまう。

小説の名探偵は、登場人物の怪しげな言動に手がかりを見出す。しかし本書においてもっとも怪しいのは、探偵役の魞沢泉である。推理をするのが好きな読者のみなさんは、魞沢くんの不審な挙動と不穏な発言にこそ、目と耳を光らせてほしい。彼はいつ真相に気づいたのか。なぜ気づいたのか。どうやって気づいたのか——本格における「Ｗｈｙ？」や「Ｈｏｗ？」の謎は、犯人だけがつくるとはかぎらない。

このたびの文庫化では、単行本版での推薦文につづいて、法月綸太郎さんに解説をいただけることになった。法月さんは協会賞の選考委員でもあったため、最近では「お世話になっている」というより「なにかと面倒をおかけしている」という気持ちだ。憧れ尽きぬパズラーのマエストロに解説を寄せてもらった『蟬かえる』は、ぼくの誉れとなって、作家としての人生を長く支えてくれるだろう。

新人賞の選考委員だった先生がたには、デビュー以来ずっと気にかけてもらっている。単著がでる以前、米澤穂信さんは雑誌に載った短編に感想を寄せてくださり、そのひとつひとつが自作をみつめなおさせた。『蟬かえる』が前作を超えて読まれるようになったのも、米澤さんの言及に依るところが大きいにちがいない。新人賞という港から、たったひとり寄る辺もなく出航したつもりで、進路にはいつも、灯台の大きな光があった。

新保博久さんは、協会賞受賞に対し、SNSで「2冊目デ受賞トハ、コレモ泡坂氏ノ先蹤ヲ追ウモノナリ」とお祝いしてくださり、じつはこのコメントがいちばん嬉しかった。べつに「泡坂さんと同じだ！」と喜んだわけではない。氏に絡めて、ぼくを嬉しがらせてやろうという思いが沁みたのだ。二〇一八年に復刊した泡坂さんの『ヨギ ガンジーの妖術』（新潮文庫）の解説にも、新保さんは、わざわざぼくの名前を登場させてくれた。

お世話になったと書きながら、コロナ禍を言い訳に、先生がたには直接お礼を伝えることもできていない。

生来の不義理さゆえ、暮らしにおいても数年おきに住処を変えるたび、過去を切り捨て生きてきたような罪悪感を抱いていた。そんな途切れた時間をつなげてくれたのが、小説だった。本をだしたことで、思いがけずたくさんの再会があった。学生時代から携帯電話のアドレスを変えていないせいもある。

デビュー単行本『サーチライトと誘蛾灯』のあとがきに、自分にとってミステリを書くことは、過去からとり寄せた種を、未来に向けて蒔いておく試みだったと記した。生きるというのは、回収されるあてのない伏線を張りつづけるようなもので、報われることはとても少ない。そんななか、『蟬かえる』は幸運な例外となり、花を咲かせてくれた。もし本書に、ミステリとしての愉しさのほかに、物語としての魅力があるとしたら、それは一緒に種を蒔いてくれた妻の功績だ。五感をつかって文章を書くことを教えてくれたのも、第四話のタイトルに悩んでいたぼくへ、「作中に、いい言葉がある」といって、「ホタル計画」の五文字を示してみせてくれたのも、彼女だった。

最後に、読んでくれたかたがたへ。

第五話「サブサハラの蠅」に倣っていえば、読者の数だけ、魞沢くんはいくつもの人生を生きることができます。いろいろな姿になって、いろいろな感情をもって、いろいろな視点で出来事をみつめることができます。魞沢くんの物語を共有してくれて――結局「ありがとう」より伝わる言葉のみつからないまま――ありがとうございます。

二〇二二年　十二月

【引用・参考文献】

『山の宗教——修験道講義』五来重著　角川書店
『禁忌習俗事典——タブーの民俗学手帳』柳田国男著　河出書房新社
『女人禁制』鈴木正崇著　吉川弘文館
『「女人禁制」Q&A』源淳子編著　解放出版社
『現代エジプトを知るための60章』鈴木恵美編著　明石書店
『光る生物の話』下村脩著　朝日新聞出版
『「国境なき医師団」を見に行く』いとうせいこう著　講談社
『〈眠り病〉は眠らない——日本発！　アフリカを救う新薬』山内一也・北潔著　岩波書店
『アフリカ昆虫学への招待』日高敏隆監修　日本ICIPE協会編　京都大学学術出版会
「ツェツェバエ：アフリカ睡眠病（アフリカトリパノソーマ症）」菅沼啓輔・北潔著
『公衆衛生』第81巻第2号　医学書院

解説

法月綸太郎

『蟬（せみ）かえる』は昆虫好きのとぼけた青年、魞沢泉（えりさわせん）がふらりと出向いた先々で、ユニークな人々と事件に遭遇するシリーズの第二短編集である。

作者の櫻田智也（さくらだともや）氏は二〇一三年、「サーチライトと誘蛾灯」で第十回ミステリーズ！新人賞を受賞。この短編で初お目見えした魞沢青年のシリーズを書き継いで、二〇一七年、同作を表題作にした連作短編集を上梓（じょうし）する。泡坂妻夫（あわさかつまお）の〈亜愛一郎（ああいいちろう）〉シリーズを彷彿（ほうふつ）とさせるキャラクターと語り口が注目され、目の肥えた読者から本格短編の巧手として認知されたことはあらためて言うまでもないだろう。

その三年後に発表された本書は、前作以上に高い評価を得て、第七十四回日本推理作家協会賞［長編および連作短編集部門］、ならびに第二十一回本格ミステリ大賞［小説部門］を受賞した。私は推協賞の方で選考委員を務めたが、選考会では満場一致で受賞が決まったと記憶している（坂上泉（さかがみいずみ）氏の長編『インビジブル』と同時受賞）。参考までに自分の選評を抜き書きしておこう。

『蟬かえる』は現代日本を舞台にしたアマチュア名探偵のシリーズとして、申し分ない仕上がりだと思う。一話ごとに本格短編としての工夫があって、精度の高い謎解きが関係者の人生と社会のひずみを閃光のように照らし出す。さらに連作短編集としての配列が秀逸で、特に後半の三編を通じて魞沢泉という狂言回し的な探偵役の生き方が徐々に浮き彫りになり、最終話の結末が巻頭の災害ボランティア仲間の挿話に呼応する構成に感銘を受けた。

櫻田氏の推協賞へのノミネートは三度目だが、第一短編集収録の「火事と標本」（第七十一回）といい、本書収録の「コマチグモ」（第七十三回）といい、過去二回はいずれも短編部門の候補作だった。落選が続いたのはミスマッチの不運で、二作とも連作短編ならではのギミックが逆効果となり、単品としての評価を下げてしまったようだ。言い換えれば、それだけ一編ごとに精妙なチューニングを施しているわけで、「三度目の正直」を体現した連作短編集部門での受賞は、作者にとっても満足の行く結果だったのではないか。

櫻田氏とは縁があるのか、私は推協賞だけでなく、デビューのきっかけになったミステリーズ！新人賞でも、新保（しんぽ）博久（ひろひさ）・米澤（よねざわ）穂（ほ）信（のぶ）の両氏といっしょに選考委員を務めている。早いものでもう十年前のことになるが、その時の選評に「事件そのものが地味なので、初読時の印象は二番手だったけれど、読み返すたびに評価の上がった作品である」「見かけの取っつきやすさ以上に考え抜かれた作品で、まだまだ伸びしろがありそうな気がする」云々と記した。

読み返すたびに評価が上がるのは『蝉かえる』もそうで、単行本の帯コメントを頼まれてゲラに目を通した時から、今回の文庫解説を書くまで、賞の選考も含めて何度も繰り返しこの本を読んでいるけれど、そのつど目覚ましい発見がある。作品相互に張り渡されたクモの糸みたいな伏線に触れ、何のへんてつもない会話にドキリとさせられたり、前作から遠く静かに響くこだまを行間から不意に聞き取ったりして、いささかも飽きることがない。読み終わるとため息が漏れ、また読むことができてよかったと思う。いつまでも読み継がれる本というのはそういうものだろう。私以外の読者にとっても、本書がそういう本であってほしい。

ところで、「幻影城」新人賞出身の泡坂妻夫や連城三紀彦（れんじょうみきひこ）は「すべてのトリックは出尽くした」という凡庸（ぼんよう）な悲観論にあらがい、ホワイダニット（Why done it）と呼ばれる手法を開発・洗練した。動機や犯行状況にまつわる「なぜ?（Why）」を重視したコンセプトで、国内での提唱者は一九七〇年代の都筑道夫（つづきみちお）だが、現代本格の基礎となるホワイダニット観が定着したのは、泡坂・連城が活躍した八〇年代以降だろう。

周到な伏線の配置によって隠れた心理を浮き彫りにするホワイダニットの手法は、やがて

「何が（What）謎なのか？」を問う方向へ進化していく。それがホワットダニット（What done it）と呼ばれるタイプで、①「いったい何が起こったのか？」と②「いま何が起こりつつあるのか？」を問う二つのパターンがある。事件も謎も存在しない（ように見える）状況から秘められた「犯行」をあぶり出すホワットダニットの手法は、九〇年代以降「日常の謎」系の作品によって一般化したが、こうした方法論を「伏線主導型のフェアな謎解きモデル」として完成させたのは、やはり泡坂妻夫の功績が大きい。

ただしホワイとホワットの線引きには曖昧なところがあって、読み方によってどちらに軸足を置いているか、解釈が分かれることもしばしばだ。〈魞沢泉〉シリーズにもそういう傾向があり、常にホワイとホワットが綱引きしているような気配が漂っている。それでも二作を読み比べた印象だと、前作『サーチライトと誘蛾灯』はホワイ寄りの発想が優勢で、『蝉かえる』ではホワットダニットの比重が高まっているのではないか。それを踏まえたうえで、ホワット重視の視点から本書の作品を分類すると、「コマチグモ」「ホタル計画」は「何が起こったのか？」を問う①のパターン、物語と事件が同時進行の「彼方の甲虫」「サブサハラの蠅」は②のパターンに属するだろう。

とはいえ、ホワイとホワットの線引きと同様、実際の作品はそんなにすっきりと区別できるものではないし、表題作「蝉かえる」は①と②の要素を併せ持つ作品である。さらにそれぞれのパターンの中でも、「犯行」の起点と終点を「語り」の時制（過去／現在／未来）のどこに配置するかで、謎の立ち上がり方と解かれ方が変わってくる。「事件」と鮎沢青年の関わり方・距離の取り方によって、ホワットダニットの形にグラデーションが付けられているといってもいい。その結果、本書は謎と論理のバラエティに富んだ、ホワットダニットの可能性／多様性を示す見本市のような一冊になっている。単行本の帯に「ホワットダニット（What done it）ってどんなミステリ？　その答えは本書を読めばわかります」というコメントを寄せたのは、そういう間口の広い謎解きの面白さを読者に伝えたかったからだ。

若林踏（わかばやしふみ）氏によるオンライン・トークイベント〈新世代ミステリ作家探訪 SeasonⅡ〉での櫻田発言（二〇二二年三月六日）によれば、「『蟬かえる』では探偵役の存在感を前作以上に際立たせつつも、過剰な〝キャラ立ち〟を避けるため、グラデーションを付けるように主人公の内面を変化させることに挑んだ」（若林踏「『新世代ミステリ作家探訪』通信　第2回」／「ジャーロ No.82」光文社）という。

過剰な〝キャラ立ち〟を避けるためのグラデーション、という発想はこの作者ならではのものだが、こうした構成はすでに第一短編集の時点から密か（ひそか）に目論（もくろ）まれていたふしがある。ただ、前作では「殺人事件にまつわる謎の解決」に引きずられて、まだ作者本来の持ち味が生かしきれなかったのではないか。鮎沢泉を名探偵らしく描こうとして、亜愛一郎やG・K・チェスタトンが創造したブラウン神父の言動を意識しすぎたところはあるかもしれない。では、続く第二短編集で作者の持ち味はどのように開花していったのか？

一編ずつ見ていこう（以下の記述はややセンシティブな内容を含むので、本文未読了の方はご注意を）。表題作「蟬かえる」は震災にまつわる怪異譚を解き明かす物語だが、「ミステリーズ！ vol.92」掲載時にこの短編を読んだ時、本格ミステリとしてのフェーズが変わったように感じたのを覚えている。〈魞沢泉〉シリーズはデビュー作の時点から、亜愛一郎やブラウン神父の衣鉢を継ぐ、というのが枕詞みたいになっていて、それ自体はけっしてまちがいではないけれど、櫻田智也という作家の本領はもっと先にあって、単なる泡坂フォロワーではない、ということをはっきり示した作品でもあるだろう。

前作までの魞沢青年は「名探偵養成ギプス」（たとえが古くて申し訳ない）を装着させられているような印象があり、「謎」や「事件」への取り組み方が窮屈に感じられることが少なからずあった。ところが「蟬かえる」では、厄介なギプスが外れてすっかり身軽になっている。名探偵コンプレックスから脱することで、ストーリーの自由度が増すだけでなく、魞沢泉というキャラクターが物語の根底に据えられた「因縁話の非合理性」を引き受けられる存在に成長したといってもいい。ユーモアと悲哀のブレンドも含めて、ここらへんのさじ加減は絶妙だ。

第二話「コマチグモ」では魞沢青年が黒子役に徹して、探偵役すら放棄してしまうように見える。連作ならではのギミックで、単品では評価しづらいかもしれないが、だからこそ本書の中では外せない、要石のようなエピソードになっている。そのことは続く第三話「彼方の甲虫」に、前作の第二話「ホバリング・バタフライ」の瀬能丸江（丸江ちゃん）が再登場することからも明らかだ。

　続けて読めば自然と察しがつくことなのだが、『サーチライトと誘蛾灯』の五編と『蟬かえる』の五編はそれぞれが一対一対応するように書かれている。ただし目次の順番そのままではなく、二・三話目は「ホバリング・バタフライ」と「彼方の甲虫」、「ナナフシの夜」と「コマチグモ」が交差する格好になる。後者のセットも事件と魞沢くんの距離感が似ているので、対応はわかりやすいだろう。

　瀬能丸江は前作と本書の両方で視点人物を務める唯一のキャラクターである。彼女の役割は、ちょっと目を離すと「迷蝶」のようにどこかへ飛んでいってしまう魞沢くんを地上に繋ぎとめることだ。「蟬かえる」と「コマチグモ」の二編で、魞沢泉は「名探偵」の重荷を肩から下ろして自由になるが、それと引き換えに、現世から一歩引いた妖精のような存在に近づいてしまう。

「しかし、あのときぼくが敏之さんにぶつかったりしなければ」（「ナナフシの夜」）
「真知子さんを車に飛び込ませたのは、ぼくなのかもしれません」（「コマチグモ」）

　右の魞沢の二つの発言は似ているようで、大きなちがいがある。前者は泡坂フォロワーらしい伏線回収の台詞に留まっているが、後者にはもっと痛みを伴う罪の意識がこめられているからだ。どうもこの罪の意識は「サーチライトと誘蛾灯」のラストで、草薙という人物が漏らした自責の念を引き継いでいるらしい。

煩悩にまみれた人と事件に遭遇するたび、こうした自責の念を身に引き寄せてしまうため、魞沢泉は亜愛一郎やブラウン神父のような「名探偵」にはなりきれない。本来は人なつっこい性格のはずなのに、観察力の鋭さが災いして、人との繋がりを遠ざけてしまう。だから魞沢くんは「自分でも呆れるくらい友人が少ない」と自嘲する。「コマチグモ」の魞沢青年が物語の背景に退いて、公園の残留思念みたいな存在になってしまうのはそのせいだろう。

そもそもアマチュアのシリーズ探偵、特に固定したワトソン役を持たない人物は、行く先々で不可解な事件に遭遇するほど、幻想小説（ファンタジー／メルヘン）の領域へ引き寄せられがちである（亜愛一郎やブラウン神父がそうであるように）。そんな魞沢くんが第三話で、現世の名探偵らしい観察力と冴えを取り戻しているのは、瀬能丸江の揺るがぬ存在があるからではないか。丸江ちゃんも彼の弱点を見抜いているからこそ、「向こうは友人と思っていても、あなたのほうがつれないんでしょう?」「観察するだけじゃなく、相手にも自分をさらけださなくちゃ」（「彼方の甲虫」）と忠告する。

彼女の忠告は本の頁を跳び越えて、ラストの「サブサハラの蠅」にまで響いているが、それだけではない。本書は「友人が少ない」と自嘲する魞沢泉が、自分にとって「友人」とは何か

（誰か）を探し求める連作になっている。

連作としての構成に注目すると、「ホタル計画」が四話目に置かれていることの意味は大きい。前作の第四話「火事と標本」と「ホタル計画」を比較すると、両者の人物配置に相似点があることがわかる。ところが、前者で安楽椅子探偵のポジションを与えられていた鮎沢青年の立ち位置が、後者では当事者として事件の中に組み込まれているため、作品から受ける印象がすっかり様変わりしているのだ。

この役割シフトがもたらす効果は語りの趣向と相まって、鮎沢泉の人物像にも三次元ディスプレイさながらの奥行きをもたらす。デビュー作にしれっと書き込まれたオダマンナ斎藤（さいとう）というふざけた名前の持ち主が、瀬能丸江と同じくらい、かけがえのない「友人」として輝き始めるのは、作家としての成長を如実に示すものだろう。

そもそも冒頭の「蝉かえる」からして、「大切な友を失った人々」がたまさか同じ場に集い「残された者にとって友人とは何か？」を問い直す物語だった。そして本書の後半の二編を通じて、狂言回しと思われていた鮎沢泉も、彼らと同じ問いを共有する仲間だったことが見えてくる。本書はそのような連作なのである。

先述したように『サーチライトと誘蛾灯』『蝉かえる』は、二冊で対になるような書き方がされているのだが、そのトップを飾る「サーチライトと誘蛾灯」は泡坂妻夫の「紳士の園」を思わせる作品だった。『煙の殺意』に収録されたノンシリーズ短編で、島津と近衛、二人の前科者が入場無料の公園で花見客にまぎれつつ、対話を通じて「何か恐ろしいことが起る」予感を形にする、究極のホワットダニット作品である。

一方、本書のラストを締めくくる「サブサハラの蠅」も、鮎沢泉と大学時代の旧友・江口海、二人の対話を通じて「いま、そこにある危機」をあぶり出す剣呑な小説だ。急にカメラを引いて、ロングショットでスケールの大きな背景を映し出すような感覚が「紳士の園」と共通しているけれど、もはや時代は昭和ではない。

「サーチライトと誘蛾灯」では、公園からのホームレス排除という社会問題を前景化しながら、泡坂短編にあった祝祭的な開放感は微塵もなかった。ユーモラスな文体とはうらはらに、時代閉塞への予兆めいた空気をしっかり捉えていたのである。本書においても、作者は災害ボランティアや母子家庭、ゼノフォビアや遺伝子組換えといったシリアスな問題意識を手放さず、世俗的な人と事件の関わりの中にリアルで新しい「謎」の形態を見出そうと常に目を凝らしている。だとすれば「サーチライトと誘蛾灯」から「サブサハラの蠅」に到る櫻田智也の七年の歩みは、泡坂妻夫という「繭」を食い破って成虫になるまでの観察記録みたいなものだ。泡坂フォロワーから脱皮して独り立ちした鮎沢青年とその生みの親が、これからどこへ向かって進み、どんな景色を見せてくれるのか、引き続きその二人三脚を見守っていきたい。

初出一覧

「蟬かえる」　〈ミステリーズ！〉vol. 92（二〇一八年十二月）
「コマチグモ」　〈ミステリーズ！〉vol. 94（二〇一九年四月）
「彼方の甲虫」　単行本書き下ろし
「ホタル計画」　単行本書き下ろし
「サブサハラの蠅」　単行本書き下ろし

本書は二〇二〇年、小社より刊行された作品の文庫化です。

著者紹介　1977年北海道生まれ。埼玉大学大学院修士課程修了。2013年「サーチライトと誘蛾灯」で第10回ミステリーズ！新人賞を受賞。17年、受賞作を表題作にした連作短編集でデビュー。21年、『蟬かえる』で第74回日本推理作家協会賞と第21回本格ミステリ大賞を受賞。

検印
廃止

蟬（せみ）かえる

2023年2月10日　初版

著者　櫻田智也（さくらだともや）

発行所　（株）東京創元社
代表者　渋谷健太郎

162-0814／東京都新宿区新小川町1-5
電話　03・3268・8231-営業部
　　　03・3268・8204-編集部
URL　http://www.tsogen.co.jp
DTP　萩原印刷
暁印刷・本間製本

乱丁・落丁本は、ご面倒ですが小社までご送付ください。送料小社負担にてお取替えいたします。

ISBN978-4-488-42422-0　C0193